流亡者的梦

曼波·贾尔迪内里短篇小说集

〔阿根廷〕曼波·贾尔迪内里 著

范童心 译

上海译文出版社

目　录

安德烈·洛佩兹的遭遇

透明直梯下降的速度很快,安德烈·洛佩兹感觉到从脚底升起的一阵寒意。自己的胃好像在脖子里,手在头两边,而头在更高的什么地方。仿佛躯体坠落的同时,意念仍然悬浮在二十一层。

站在路边,眼前的日落泛着珍珠般的光芒,他不禁想起了秋日的香榭丽舍——一栋栋高楼从大道两侧的树木上方冒出头来,在黄昏中映衬着如血燃烧的残阳。有几个行人踏着古朴的石板路匆匆而过,瑟瑟发抖。他呼吸着清新的空气,看看周围熟悉的暮色(他总是在这个时间从诊所下班),走向自己的汽车。他几乎显得悠然自得,嘴里哼着一首老歌。

拉开车门,他坐了进去。转动车钥匙的同时,他在后视镜中发现,旁边的一栋楼里跑出来三个人,面孔他是认得的;又看到前方的街道上,一辆绿色的福特猎鹰轿车正稳稳地停在路边,里面有四个人。他的脊背发凉,低头一看,果然指示盘上的红灯已经熄灭(说明不久前发动机是热的)。这个时候,他发现有一支狭长的管子,那黑色的管口正顶在自己的左眼边。

"往那边去。"一个声音命令道。安德烈·洛佩兹机械地向右边的座位挪动,显得笨手笨脚。"现在解锁后车门。"

他照做了。上来的两个人都还是孩子的模样——一个黑黑的,矮个,毫不起眼,慌乱得要死,面庞不断地抽搐,看起来就像只闪烁的霓虹灯;另一个金黄头发,瘦骨嶙峋,个子高得像辆大卡车,脸上一直是种受到惊吓的表情,行动有些困难。第一个人发动了车子,两个年轻人冲他笑了笑。车缓缓向前开动,在第一个路口转弯,向东驶去。

那面庞抽搐的家伙手举一把 0.45 英寸口径半自动手枪指着他。枪面锃光发亮,估计刚买不久。

"老实点,老头。"金头发的说,声音细细的,"今天你得晚点回家,因为我不太舒服。我的伤特别疼,他们说是烂掉了。你把我治好,当没见过我,以后我们也不会再见面。"

安德烈·洛佩兹简直无法控制自己紧张的情绪。看看开车的那人,他有一张粗俗又毫无特点的脸孔。若是穿上黑西装,再往两颊扑些粉,就能当送葬队伍的指挥了。① 他的汗毛倒竖,努力镇定下来,平静地回答:

"可以。"他慢慢转身向后,尽量不让动作显得可疑,"让我看

––––––––––––––––––––

① 在阿根廷,有给葬礼上的抬棺人脸上扑白粉的传统习俗。

看伤口。"

金头发脱掉外套，撩起毛衣，解开衬衣的所有纽扣，露出毛绒绒的胸脯——那里从乳头到腰间缠着厚厚的绷带，上面满是血迹。

"让我看一下。"安德烈·洛佩兹小心翼翼，从工具包中取出一把小剪刀，生怕动作太大引起误会。一边清理伤口，一边往上面撒一种白色粉末，接着是大量的红色硫柳汞消炎药水——他记得的，八天以前，自己就遇到过这三个家伙。那次，他极其不舒服地坐在后座上，从"卡车"的肋骨中间取出了一枚 0.38 英寸口径的子弹（那家伙大汗淋漓，却没哼一声）。当时的环境对理应是无菌的手术来说简直糟糕透顶，而另外两个人的沉默无声让一切绷得更紧，"抽搐脸"的脑袋像是轻微痉挛一般顺着脖子滑来滑去，手中握的那把 0.45 英寸口径手枪代表着威胁与逼迫。感觉上无休无止、令人精疲力尽的一小时之后，他被警告说，几天后得再见一次面复查。如果他还爱自己的家人，就该保持绝对的沉默，照常生活、上班，必须随身携带医药工具箱。当然了，更不能报警。然后几个人在滨河大道北段、机场后面的位置下车了，立刻登上了一辆没有牌照的蓝色老爷车，应该是提前在那等他们的，瞬间绝尘而去。

这次治疗就要结束了。他心想自己干得不错，因为那个伤口虽然还在发炎，有点发紫，但并没有感染。他缠上的新绷带，比上一次轻了薄了，这时才感到腰酸背痛。他调整了一下坐姿，发现车正在穿越潘帕区，往滨河大道的方向行驶。

"你还得注意休养，"他说，"但可以不用再看医生了。差不多一周内，拆掉绷带，擦点消炎药水，再换上两片纱布和创可贴就行了。记得要继续吃一个星期我上次开的抗生素。说完了。"

"卡车"笑眯眯地盯着他。

"你表现还行，老头。"他说，然后转头对开车的人道，"继续往前吧，到萨尔格罗兜兜圈子，现在还早……"

安德烈·洛佩兹长舒了一口气。他用一只手捋着头发，望向窗外，眼角的余光扫到那大个子——夕阳把他的脸分成了两半，其中一边是惊人的金黄色。对方意识到安德烈看他，又多了点笑容。

"你一个月能赚多少钱？"

"不少，但没你们想象的那么多。"

"医生挣得都特别多啊。你还觉得不够？"

"并没有。我母亲有癌症，常年卧病在床。还有妻子和四个孩子。光给我妈治病，到现在花费已经有上百万了。而且我还背着房贷、车贷。医生确实挣得不少，但我的负担挺重的。"

"那你的孩子呢？"

"都在上学呢。他们还小。"

"你老婆？"

"照顾我妈。"

他们没再多问。只要没人问，安德烈·洛佩兹就不说话。答话也谨慎考量，没必要的多一个字也不说。

到达萨尔格罗以后，车慢慢掉了个头，加入了开往大学城的车流。刺骨的冷风透过窗缝钻进车里，安德烈·洛佩兹感到自己的脸有一部分被完全冻僵了，没了知觉。他的心急促而猛烈地跳动，仿佛竞赛队①拿到了一个点球。几个人像是察觉到了他的焦虑，递上了一支烟。他接了过来，于是四个人开始一起吞云吐雾。不一会儿他发觉自己放松了下来，意识到原来并没必要如此担惊受怕。这段路程竟然很愉快，开车的是别人，他得以欣赏宽阔河滩的壮丽风景和夜幕降临时与阴影混淆不清的树丛。

"原来你妈快死了。"握着方向盘的人说道，"如果我们知道的话，就不会碰你了。你的表现真是不错。"

他道歉的语气令人反感。

"我上次就说了，你口风挺紧。"持枪者面带微笑地附和。

"没错，""卡车"也表示赞同，"那些人就是不懂，反抗结果更坏——一紧张枪就可能走火。杀人一点也不好玩。"所有人再次不作声了。在努涅兹区，他们又拐了弯。将近夜晚，天幕上被画了一道白色的圆弧，宛如圣灵的光环，笼罩着整个城市。"卡车"

---

① 全称阿韦利亚内达竞赛俱乐部，阿根廷甲级联赛足球队。

补充道：

"不管怎样，告诉你家里人，如果有一天被抓，千万别抵抗，不管抓人的是警察还是我们。所有人干这事的时候，都有些紧张，万一……谁都说不准。"

安德烈·洛佩兹备感困惑。他不明白自己为何被如此对待，怎么会跟这三个自命不凡的家伙进行这场荒谬的对话，内心从茫然，到惊诧，再到好奇。

"为什么……你们选了我？"

"完全是巧合。""卡车"说，"你会知道，我们并不是劫匪。我们需要一个医生，一个技术好的。就找上你了。"

拿枪的低声说了些什么，"卡车"点了点头。

"老头子，""抽搐脸"面带微笑，"我们要付给你钱，嗯？二十万比索和我的宝贝，你觉得怎么样？要知道，我们就这么多现金了。"

"但是……"安德烈·洛佩兹惊呆了。他内心很难承认游戏规则也有被打破的时候，不肯相信在自己熟悉的规则以外，还有其他规则存在。

"行了，你拿着吧。""卡车"确定地说。他从肩膀上递过来一卷万元纸钞，包在一条可疑的手帕里，还有一块沉甸甸的金表。

接着，他伸出一根手指，把同伴手里的枪拨开了。那个人把枪往腰带下面别好，眨眨眼睛，像是在体育场的男厕所里撞上了苏珊娜·希门尼斯①似的诧异。

"你妈妈有病,还有一大家子要养,"他补充道,"而且你看起来人不错,表现很好,我相信你不会乱来。就像我常说的那样——这是个狗屁一样的国家。"

安德烈·洛佩兹努力克制着脸上的微笑。对方还在继续:

"当然了,谁都想有一份稳定的工作,周末去郊区的房子里品马黛茶②。但是没人享受得到,除了富翁和黑帮以外,而这两种人根本也是同一回事。那么,剩下的就是胆量的问题了——觉得为一份狗屁不如的工资卖命不值,就只有两条路可走:忍气吞声,或者站在我们这边。"

"哪边?"

"生意啊老头,做生意。"

两辆警车擦肩而过,尖利的警笛声此起彼伏。

"狗娘养的!""卡车"骂道。

"是专门在找我们呢!"开车的人叫道,"我们被出卖了!"

"谁?"

"内鬼。帮我们干活的有好多人,有钱能使鬼推磨啊老头。但这个王八把我们卖了!"

---

① 苏珊娜·希门尼斯是阿根廷著名主持人和电视明星,在当地家喻户晓。
② 马黛茶是阿根廷最传统最受欢迎的热饮,把大量茶叶装在一个葫芦做成的茶杯里热水冲泡,用金属制的吸管饮用,可以多次续水。在社交场合,朋友和家人之间会分享同一杯茶,关系近的甚至共用一根吸管。

警车进了港口区。

"那现在怎么办?"他鼓足勇气问。

"我们马上处理完,你安静不要动。"

安德烈·洛佩兹觉得自己的肠子都打成了结。

"给你的钱够不够?""卡车"问他。

"啊?不,不……"他突然感到一阵抑制不住的恶心。

"行了老头,别装了。五十万,先借着,明天我们一定送到。你表现不错的。"

"别,拜托!我……"

"好啦,随便你。"开车的人一边踩下脚刹,一边说道,"我们现在下车,你好好待在车里,知道不?"

车停靠在了五十六号国道旁,靠着面向河流的隔离墙。布宜诺斯艾利斯上空夜幕降临,空气中开始混入烤肉的香味,三个人迅速下车,没有熄火。

"再见了,老头。一切多谢啦!"几个人向他道别,跑向停在十米以外的蓝色轿车。

正在这时,餐馆旁边停着的一辆车突然打开探照灯,照亮了那三个身影。几阵机关枪的扫射让他们瞬间倒地,十几个警察同时往那个方向奔跑。

"别碰那老头!"安德烈·洛佩兹认出,是"卡车"的声音在叫。随着最后一粒子弹,他永远地安静了。

警察们围绕在三具可怜的躯体旁边。一辆绿色猎鹰轿车上，下来一个矮胖的黑皮肤男人，手里握着一把枪。他靠近"卡车"，盯着看了几秒，瞄准他的头扣动了扳机，随后把武器别回腰上，发布了几句指令，洋洋得意地踱着步，走到安德烈·洛佩兹的车边。

"干得好，医生。"警官伸出右手，向他问候。

安德烈·洛佩兹没有回答。他双眼紧紧盯住人行道上那三具血肉模糊的尸体，开始呕吐。

鲍勃叔叔

我第一次到纽约去,是七十年代末,跟我的朋友波拉克·祖穆勒一起——他当时也处于流亡之中,身在瑞典。我们约好在那里会面,因为纽约正好处于斯德哥尔摩和墨西哥城中间的位置,又是一座充满魅力的城市,用来暂时甩开流亡的窘况,再合适不过了。

我们几乎是同时到达,在一间还算体面的酒店住下,价格离谱——曼哈顿完全没有价格合理的酒店。第一天早上我们出门游览,就像第一次去公园玩的孩子们一般兴高采烈。

那天很冷,我们开心地沿着第七大道步行,回忆起往日的时光和彼此共同的朋友,并怀念着故土。在四十六街的拐角处,波拉克朝第六大道望去,立刻用胳膊肘捅了捅我的肋骨,向上指着说:"喂!快看那儿啊!"我看过去,他指的"那儿"是一条巨大的红色条幅,从三楼的窗口垂下来,上面写着:"贾尔迪内里器乐公司"。

我简直不敢相信自己的眼睛。因为长久以来我一直相信,自己的家族在世界上已经没有亲戚了。家里不知道出过什么惨剧——不管是阿布鲁佐地区①的穷山恶水、祖辈移民时的目不识丁，还是第一次世界大战——我们都认为除了布宜诺斯艾利斯那几个少得可怜的亲戚外，世界上再没有任何亲人。"即使在意大利应该都没有了。"我曾经听爸爸和姑姑们这样说过。他去世时，我还是个孩子，家族里的女人们从那时起就把沉重的期望全倾注在了我身上，说我是贾尔迪内里家最后一颗种子了。

我出了神，盯着那鲜红的条幅不知该做些什么。毫无疑问，全世界不可能有谁会花心思跟我开这样的玩笑，但那条幅就在那里，巨大而沉稳，对我来说完全无法抗拒。那栋楼就像伍迪·艾伦电影里的那样，是十九世纪末或二十世纪初的典型纽约城区建筑——红砖被烟熏得有些发黑，竖直的双扇玻璃窗户，七八层的样子，上面是设计简单的楼顶。

我们走了过去，刚到一楼就发觉，整栋楼都为音乐而设——每一层楼的每一家店铺不是做乐器的、卖乐器的，就是修乐器的。其中规模最大的一家正是那条幅上标示的一间制作吹奏乐器零件的公司。

走出电梯，我感觉仿佛是来到了某种奇幻王国一般，外表不过是一家老旧的乡村五金店，而这些跟我同一个姓的人擅长制

---

① 位于意大利中部。

造乐器的吹嘴,譬如大号、小号、圆号、长号、单簧管、双簧管、低音管、笛子……天知道还有些什么。用于各种管乐器的吹嘴应有尽有,木质的、铜质的、银质的、塑胶的,甚至有纯金的。店里陈列的吹嘴超乎你的想象,从最简单的设计,到最奇异的造型,在玻璃橱、展示台、柜子、盒子和抽屉中令人目不暇接。那是一间很有年头的铺子了,看起来就像一家日常杂货铺似的,可里面卖的东西却是如此的专精,都有些不真实了。怎么说呢,只要是用嘴吹的乐器,这里都有。

　　四面墙上挂满了照片,大部分是黑白的,都是著名的乐手和乐团。有路易斯·阿姆斯特朗和约翰·柯川、格伦·米勒和班尼·古德曼、亚迪·肖和纽约交响乐团管弦乐队、哈里·詹姆斯和一个我不认识的四人乐队、迪齐·吉莱斯皮和迈尔士·戴维斯;还有一大批著名的交响乐指挥家,比如海伯特·冯·卡拉扬和尤金·奥曼迪,还有加利·穆里根和斯坦·盖兹①,以及各种我不认识的名人,演奏着各式各样的乐器。他们有着不同颜色的皮肤,眼睛的形状多种多样,有人面带微笑,有人眉头紧锁,被镜头捕捉到的一瞬间不是正在演奏着自己的乐器,就是摆着华丽的姿势。这简直就是一座无与伦比的艺廊,一座爵士乐甚至全球音乐的博物馆。漫步其中的人就像置身于夏加尔或者凡·

---

① 以上均为美国及欧洲的音乐界名人,包括指挥家,作曲家,爵士乐手,乐团领袖,萨克斯、单簧管和小号演奏家。

　鲍勃叔叔

高的展览之中,琳琅满目的展品似乎都差不多,但实际上却没有一幅与其他的完全相同。当然,这一切中最使我惊叹的,是每一张照片上——没错,是全部、所有、每一张照片上——都带着亲笔签名,而致辞都是写给同一个人的:感谢罗伯特·贾尔迪内里。

波拉克也吓到了,又给了我一胳膊肘:"不能就这么走了,你必须得去打听打听这个人。"

我走向前台三个姑娘中的一个,当时店铺里异常忙碌,十多个顾客或是在咨询着什么,或是在交乐器或是取乐器。我跟她说,我想找贾尔迪内里先生。她问我是谁,有什么事。我如实以告,她笑出了声,好像我刚讲了一个不错的笑话。

但那个人很快就出现了。他推开办公室的门,我一眼就知道一定不是别人,因为他简直跟我爸爸长得一模一样——同样的浅蓝色眼睛,同样的谢顶,下巴上同样的一个浅窝,同样令人安心的微笑,那就是我记忆中父亲永远的样子。

我的下巴都要掉到膝盖上了,我的近视眼睁得不能再大,在镜片后面,应该像鼻子上方挂了两个铜铃似的。那人个子很高,周身透着一股随性自如的气息,看上去就是一个人们口中的"世界公民"。他一定攒了很多航空里程数,充满了亲和力和天生的磁场。他应该有七十多岁了,却仍然保持着运动员般的好身材,灰白的头发稀稀疏疏,集中在耳朵周围,脸庞像极了一个退役的拳击选手(后来我才知道,他曾经是专业的轻量级搏击运动员)。他说的英语里有明显的意大利口音,活脱脱一个和蔼的白人欧洲裔移民。

两个小时后,我们已经坐在街对面一家名叫"斯特拉达"的罗马餐厅里享用意大利面了。那里的人把他当石油大亨一般礼待。他向餐厅领班和所有的服务生介绍,我是他"从南美洲过来的侄儿"。当时我已征得他同意,称他为"鲍勃叔叔"。波拉克找了个借口,没跟我们一起吃饭。后来他直言,当时的情形让他无比羡慕嫉妒恨,于是直接回了酒店开始翻黄页,想看看自己能不能也找到一个亲戚。

吃完甜点,喝着茴香酒咖啡的时候,鲍勃叔叔问我是不是住在巴塔哥尼亚①。我回答不是,还给他大概形容了阿根廷有多大,查科省和布宜诺斯艾利斯离巴塔哥尼亚有多远,我的阿根廷当时正在经历的紧张政局,还有我在墨西哥的流亡生活。他认真而耐心地倾听着,但我察觉到,他对这一切的兴趣都不太大,因为每隔一会儿,他都会重新提起那个有魔力的字眼:巴塔哥尼亚。到底有多远啊,我怎么从没去过呢。那里的风景到底是怎样的?我觉得该是一片浩瀚的沙漠,而它数百万年前曾经森林茂密。乌斯怀亚是什么样子?如果他到阿根廷去,我会陪他去

---

① 巴塔哥尼亚位于南美洲最南端,跨智利与阿根廷两国。地广人稀,有大量湖泊、冰川和山脉,风景优美壮阔,常住人口极少,有世外桃源之称。

最南端的冰川吗？那里的公路路况好吗？能不能乘船？或者搭火车？要租马骑吗？有没有酒店？在那些冰湖上能滑冰吗？巴塔哥尼亚有正宗的意大利面吗？

我也并不知道所有的答案，而且对于写这个故事，应该也没必要放那些细节吧。总之我了解到，鲍勃叔叔来自西西里岛，在卡塔尼亚的一家孤儿院里长大，在那里学会了做锡器活，从很小的时候就开始修吹管乐器了。为了逃离法西斯和极度的贫穷，他在大战爆发之前离开了欧洲，二十世纪四十年代初到了美国。他加入过同盟国联军，在战争中随部队回到了欧洲，参加了很多次战役，直到1944年在德国的炮口下负伤，带着中士军衔回到了纽约。从1946年开始，他一直经营着这家乐器作坊，照他的话就是："也就是一批铜料、铂料、管弦和木料，大约值四百万美元吧。"他把这数字讲得像是我们讲五百比索一样，但语调中是掩饰不住的自豪。鲍勃叔叔实现了美国梦——他现在是备受尊重的生意人，在曼哈顿最优雅的街区萨顿宫有一处精致的公寓，当然也是共和党的拥护者，罗纳德·里根的粉丝。然而，他最大的骄傲却是，路易斯·阿姆斯特朗从四十年代到去世时吹的所有小号上的吹嘴，都是他制作的，两个人之间也私交甚笃，特别是那次阿姆斯特朗从东京给他打来电话之后。当时他说："鲍勃，我需要三个小号嘴，明天演出急用。"而鲍勃叔叔大秀了一把帽子戏法，两小时之内就都做出来了，又带着它们登上泛美-格雷斯航空的道格拉斯DC-6客机,第二天就在东京着陆了,刚刚好是音乐会开始前一小时。他们从那里一起去了韩国和菲律宾,进行了为期一个月的巡回演出。他的公司为几乎所有著名的爵士乐团供过货,贝西伯爵和艾灵顿公爵①都是他的客户和好友,包括欧洲各国的交响乐团,甚至苏联和当时的"社会主义世界",都是他生意的覆盖范围。在六十多个国家里,都有人通过我眼前这个男人制作的吹嘴,演奏出美轮美奂的乐章。

我们多年来一直保持着联系。每次我去纽约,都会雷打不动地去看他。我们总会一起去最好的意大利餐厅吃意大利面,喝基安蒂葡萄酒。有那么几次,在他萨顿宫豪华的公寓里,我们喝着温好的马提尼酒,他给我展示自己收集的巴塔哥尼亚风光摄影集、《国家地理杂志》的报道和文章,甚至还有他请去阿根廷旅行的朋友们寄回来的明信片,包括穆里根、盖兹和加托·巴毕利等著名萨克斯演奏家。他也一如既往地坚持问我关于巴塔哥尼亚的事,我已经不止一次心生愧疚,觉得自己不该对阿根廷南端一问三不知。但最令我惊叹的不是鲍勃叔叔对巴塔哥尼亚的了解远胜于我,而是这件事的源头,这滚滚而来的好奇心究竟是从何而来。他在我们最后一次会面的时候终于揭开了谜底,就在五十二街上一家那不勒斯风格的酒馆里。当我问他到底为何

---

① 均为美国著名音乐家。

对巴塔哥尼亚执念如此之深，他是这样回答的：

"我在战争中杀过人。"他说，声音低下来，在坦白之中自然而然变得沉静而肃穆，"我也不知道自己杀了多少德国人。战争中，根本没有时间理会哪枪中了，哪枪偏了。但有一次，我清楚地看到自己的子弹击中了一个埋伏在掩体墙后面的德军士兵。那是在法国利雪，诺曼底登陆之后。我从自己的掩体上方冲他射击，那人的叫声让我永远都忘不了。他不只是倒下了，还一边往下倒一边大声咒骂着。或许是用德语飙了一句脏话吧，我没听懂，但他的语调和怒火吓到了我。于是两三个小时后，当我方已经占领了村庄、奉命去地毯式搜索确认没有幸存者的时候，我直接走向了那面墙。我想看看那个叫骂着倒下的人。他就在那儿，还没断气，但胸口受了致命伤，血流不止。"

鲍勃叔叔声音忧郁地又叫了一杯咖啡，点燃了一支烟。他抽的是古巴雪茄，又粗又大，贵得惊人，当然对他来说这不算什么。他也递了一支给我，我接受了。只是为了陪陪他，也缓解一下这故事带来的忧伤。

"德国人看着我，用流利的英语问，是不是我。我回答是。他问我要一支烟，我有些迟疑，因为上面的命令是给所有已经没救的伤员补上一枪，但很快又告诉自己，如果我是他，也会想要抽最后一支烟的。我给他点上烟，他在伤口允许的范围内大口大口地吸着。德国人说，他很愤怒自己竟然要以这种愚蠢的方式死去。很快,我们的观点达成了一致——这一切都蠢透了:我们在这里自相残杀,而发起战争的那些人则高枕无忧,甚至将来还能安度晚年。我们像多年的老友一般聊了起来,他问我战争结束以后有什么打算。我说自己想回纽约开个作坊。他告诉我,如果可以的话,他希望能去巴塔哥尼亚看一看。人们跟他说那里很宁静,有羊群、无尽的天空、风、海和最纯净最美丽的冰。他发过誓,如果战争结束了,而他还活着,就不想继续在欧洲生活了,不想身边有那么多人。那一刻他请求我,如果有一天能到巴塔哥尼亚去,要想着他。拜托你,他重复了两次,拜托你,随后就死去了,指缝中的香烟还没有熄灭。这时有个军官走近问我,墙后面有什么情况吗?我说没有,什么也没有。于是他命令我随大家返回营地……我从来没跟人说起过这些。"鲍勃叔叔讲完了,"也从来没有去过巴塔哥尼亚。但有一天我会去的,而你会陪着我,对吗?"

我说,当然。我们就此改变了话题。那次告别以后,我再也没有见过他。他是1993年去世的,我在几个月后收到了他太太罗丝婶婶的一封信,才知道了这个消息。很遗憾,他死前未能完成去巴塔哥尼亚旅行的心愿。我们也一直没能确认,彼此之间到底有没有血缘关系。有一次,带着最平静和蔼的微笑,他曾经对我说,自己可能永远也不会知道了,就像他不知道到底是谁趁着夜色把他放在了卡塔尼亚那家孤儿院的门前,只有身上的衣服和一张写着姓名的纸条。但我们两个人都知道，我们必定是亲人，一定有某些深邃而真实的东西，冥冥之中把我们连在了一起。他和我父亲外形上的相似勿容置疑，但我猜，也许他的内心深处，已经把我视为了自己那个一直未能拥有的儿子。

后来我还去萨顿宫的公寓看过罗丝婶婶几次。我们一起在曼哈顿的意大利餐厅吃意大利面。当然，我们也总会聊起鲍勃叔叔，以及我们有多么爱他。

《11 公里》

——致米盖尔·安赫尔·莫菲诺

"我看就是塞戈维亚。"阿基莱斯说,他紧张地眨动眼睛,用胳膊肘捅了捅"黑子"洛佩兹,"那个戴墨镜的,我不会认错,绝对是塞戈维亚下士。"

"黑子"仔细地打量着拉手风琴的人,眉头紧锁,双目中仿佛正放映着一部部无法遗忘的老电影。

这是布宜诺斯艾利斯西班牙区一座房子里举办的舞会。一帮朋友聚在一起,庆祝阿基莱斯的生日。他们都是在阿根廷军政独裁时期U-7行动中被拘禁过的人。几年已经过去,大家仍保持着每个生日都带上家人齐聚一堂的习惯。这次几个人决定好好地操办一下,不光弄了烤肉和乳猪,葡萄酒和啤酒也应有尽有。蒙乔上星期宾戈游戏玩得不错,赢了不少钱,还请来了乐队为聚会助兴。

庭院中的树荫下,四重奏乐队轮番奏出各种阿根廷民歌、波尔卡、探戈和斗牛舞曲。阿基莱斯注意到墨镜风琴手的那一刻,正在演奏的乐曲是《11公里》。

"对，是他。""黑子"洛佩兹说，并向哈辛托示意。

哈辛托点点头，好像在说，我也认出他来了。

没有人说话，仅凭眼神，大家一个接着一个认出了塞戈维亚下士。

深色皮肤鬈头发，嘴巴厚厚的，眼睛细长，他们受尽折磨的时候，这个人总是在演奏着《11公里》——军官们让他拉琴唱歌，是为了盖住囚犯们的哭喊声。

有的人把自己的发现告诉旁边的伙伴，所有人都过来了，围住了风琴手。乐曲结束了，已经没有人跳舞。乐队正要给另一首曲子起头之时，路易斯向戴墨镜的人下令：再弹一次《11公里》。

派对已经结束，午后暗潮汹涌，仿佛黄昏来得晚了，夜幕迟疑不落。空气中有一种带节奏的压迫感，就像现场所有人的心脏都在整齐划一地跳动，能听到的只有唯一一颗巨大的心。

曲子重复了一遍，结尾处没有人鼓掌。所有参加聚会的男人站成一圈，有的举着酒杯，有的手插进口袋，有的搂着自己的妻子，把四人乐队围在中间。像极了那种古罗马的斗兽场，只不过猛兽与猎物的角色对调了。

随着最后一个和弦降下，蒙乔说：

"再来。"他理都不理另外三个乐手，只冲着风琴手一人，"再来一次。"

"可我们已经弹过两遍了……"对方带着生硬的假笑回答，突然间慌张起来，好像一个刚刚发觉自己来错了地方的人。

"没错，但现在再弹一次。"

看上去那家伙还想说些什么，但蒙乔坚定而慑人的语调让他突然意识到，围绕着自己的都是些什么人。

"给我们每个人都弹一次，塞戈维亚。""瘦子"马丁内斯插话。

手风琴被轻轻地拉动了一下，短促而嘶哑，像极了它主人呼吸的翻版。同一首民歌怯生生地再次被奏响了。几小节过后，吉他伴随着手风琴开始了演奏。接着，低音提琴和小风琴也加入了进来。

但阿基莱斯扬起一只手，示意别人安静。

"他一个人弹。"

随即是一阵漫长的沉默，足够上演一出爱情悲剧了。风琴手回到起点，重新弹奏起《11公里》的旋律，声音尖锐而刺耳，但还在调子上。

所有人都看着他，包括一起来的几个乐手。那家伙大汗淋漓，两粒豆大的汗珠经过太阳穴顺着脸颊一点一点往下流，就像两条缓慢细小的溪流寻找着河道。他的手指机械地弹奏着，毫无感情，好像并不知道自己在弹些什么。手风琴在他右膝盖上一开一合,看起来就像一只破掉的肺,挂在一根阿根廷绶带上。

曲子结束了,那人的手离开键盘,揉捏空气活动着手指,不知所措。他不知道该干什么,也不知道该说什么。

"眼镜摘下来。"米盖尔命令,"摘下来继续弹。"

那人举起右手,缓缓摘下黑色的眼镜,把它丢在地上,自己的椅子边。他的眼睛死死盯着手风琴的边缘,完全不看周围的人。他不敢看这些人。他朝下看着,目光模糊得失去了焦点,就像太阳光特别强烈的时候。

"《11公里》,再来。"楚洛的妻子命令道。

那家伙继续盯着下边。

"来啊,弹。快弹啊,狗娘养的。"路易斯、米盖尔还有几个女人一起说道。

阿基莱斯做了个否定的手势,别说脏话,没必要。于是那人继续开始弹奏《11公里》。

一分钟以后,副歌的颤音奏响时,响起了蒂托妻子的哭声。她抱着蒂托,两个人一起抱着儿子,那是他在里面的时候生的。三个人相拥而泣。蒂托的鼻涕流了出来,阿基莱斯走过去抱住他。

接下来轮到蒙乔了。

对每个人来说,《11公里》都能唤起不同的记忆。情感总是在意想不到的时刻喷薄而出。

那家伙弹到不知是第八还是第九遍《11公里》的时候，哭出来的是米盖尔。"红脸"阿吉雷向自己的太太低声解释，是米盖尔发明了每天向莱伊瓦·隆吉买一颗糖的做法。他们每个人都会去买上一颗糖果，跟他四目相对，仅此而已。他们当然都会付钱，他不想收，总说：不要钱，拿着吧。但他们总是为那颗糖果付钱。永远只是一颗糖果，别的什么都不要，连香烟都没买过。一颗糖果。什么口味都行，但只要一颗，盯着莱伊瓦·隆吉的眼睛。每天下午都有一长队前狱友经过小店门前，从1983年到1987年，三年多的时间一天都没有间断，一个人都不曾缺席，只为了说这一句："一颗糖，给我一颗糖。"天天如此，直到莱伊瓦·隆吉因癌症过世。

那家伙看起来已经达到极限。最后几遍，有好几个音弹错了。他在闭着眼睛拉琴，却是因为精疲力尽而出错。

没有人从他的身边离开。围绕他的圈子几乎是完美的正圆形，连每一个人之间的距离都是默然相等的。没有逃走的可能。其他几个乐手呆若木鸡，一动不动，就像孩子们在玩"木头人"。午后的空气承载了满满的仇怨，宛如被刀子刻进了花岗岩中。

"我们不是在报复。""聋子"佩雷斯说道，塞戈维亚刚刚开始了第十次的《11公里》。他的嗓音很高，盖过了音乐声。他向大家讲述了自己去卡米洛·伊万斯医生泌尿科诊所的那一天。那是1984年夏天，他出狱满三个月。卡米洛是"运动"中的狱医之一。数不清的严刑拷打中,有一次"聋子"开始尿血,卡米洛笑着对他说,这没什么,还说"自慰太多次就会这样的"。于是,重获自由后,"聋子"迫不及待去看他。他到了卡米洛的诊所,但是用了假名字。卡米洛一开始并没有认出他,"聋子"自报家门之后,他变得脸色苍白,在椅子里不停地向后缩,开始说自己只是奉命行事,请他原谅,请他别对自己做什么。"聋子"说不会,我不是来对你做什么的,不用怕;我只想让你看着我的眼睛,听我对你说,你是狗屎,也是胆小鬼。

"这个不肯看我们的杂种也一样。"阿基莱斯说,"多少遍了?"

"加上这遍,一共十四遍。""黑子"说,"对吧?"

"没错,我数着呢。"皮廷说道,"我们是十四个人。"

"那住手吧,塞戈维亚。"阿基莱斯说。

手风琴沉默了。它痛苦的呼吸声,在空气中持续浮动了几秒钟。

那家伙任由双手垂落在身体两侧。他的胳膊看上去格外的长,手几乎要触到地面了。

"现在抬头,看看我们,然后走吧。"米盖尔命令。

但那人的目光依然牢牢盯住地面。他深深叹息,如哮喘病人般上气不接下气,跟他的手风琴一样气喘吁吁。

接着是无边而沉重的静默,偶尔被马尔哥萨家婴儿的咿呀声打破,好像是奶嘴掉了,但又立刻被塞了回去。

那家伙合上乐器,按好固定箱套的扣子,然后用双手抬着,仿佛捧着一样祭品,缓缓站起身来。他的目光自始至终一直盯着自己的鞋,从未改变方向。不过一旦站立起来,所有人都能看出,他不光流了很多汗,也流了很多泪,脸上一塌糊涂,就像个孩子。突然间站起来,重力改变了泪水流动的方向,他先是抽泣,接着泪如雨下,却没有一丝声响。

这时,阿基莱斯又用手肘捅了"黑子"洛佩兹一下,说:

"听上去不可置信,但这狗娘养的,终究也是个人。你看他哭成什么样子了。"

"让他走吧。"女孩们中的一个说道。

于是那个家伙,那个塞戈维亚下士,走了出去。

吃掉他

　　每天下午日落时分,洛克都会走在街区的步道上。他沿着大道往高处前进,穿过广场,顺着与精神病院外墙平行的路线慢跑,一直到铁路与高速公路收费站相交的地方,在那里调头原路返回。来回各三点五公里。

　　每天如此。

　　他听到过很多次尖叫、哭号、窃窃私语、呼唤甚至喊救命的声音从病院里面传来。人们都管这地方叫"高墙疯人院",它有六公顷大,里面树木茂密,松树和桉树的树冠从墙外都看得到。每隔一两百米就有一道门,永远都是紧闭的,上着巨大的锁。这面高大的墙大约有三条街那么长,上面一层层地粉刷着政治标语,有的已经陈旧不堪,还有各种涂鸦和不入流的图案。就是这样。

　　今天的尖叫声比以往听得更清晰,抑或叫得更清晰——很难弄明白究竟是怎样,洛克想。某个瞬间他觉得自己听到了一个很年轻的声音,不太像是召唤谁,却满带悲伤。不,不会是在叫他的。又或许是,谁知道呢。洛克没再多想,继续往前跑,保持着习惯的速度。

这是跑过去的时候。但现在的返程中,有什么东西不一样了。他过了一会儿才意识到,但是确实如此,空气中突然间充斥着一种阴郁的沉寂,就像开始在天际线出现、电视新闻里也已预报过的即将压顶的暴风雨。洛克没有停下脚步,正琢磨着如此种种的时候,见到一个男护士从其中一个门里冒了出来,向着街上四处观望,刚巧看到他要经过。

那人穿着典型的白色制服,上面有污渍和多次清洗的痕迹,一看就是护理行当的。他脚上的棕色软皮鞋表面有显眼的污垢,头上戴着盖到耳朵的护士帽。他冲洛克笑笑,又点了点头。

洛克没有改变自己前进的方向,没什么理由这样做,却不由得加快了脚步,仿佛有某种可怕的东西存在。他想过改变路线,从人行道下到车道,却没有那么做。"我不能这么蠢吧。"他这样自言自语,正好跑过护士的身边。对方如同老朋友般向他伸出一只手,几乎是致敬的样子,在空中轻轻一抬,没有任何的威胁性。

洛克避开了那只手,只是有教养地点了点头,像从小被教导的那样。

"哎,朋友,能帮个小忙吗?"男护士说,他的鼻子又宽又大,像个法国电影演员,嘴唇则是黑人混血儿那样厚厚的。

洛克人停住了,双腿却还在原地跑动着,这样能强调他还急着往前赶。

吃掉他

"我们的球落到屋顶上去了。"护士一边说，一边指着门和墙的上方。

"好吧，不过我能做什么啊?"洛克仍然没有停止在原先一米见方的位置原地跑步，但往离墙远些的位置挪了挪。

"先生，我不能离开让病人们自己待着，不看着这些家伙，谁都说不准会发生什么事。但我可以扶着梯子，您上去把球弄下来就行了，只耽误您不到一分钟的时间。"

洛克朝房顶上看了看，估摸着一切应该都很简单，于是瞬间做出决定，穿过大门，走进那枝繁叶茂的巨大院子。环视周围，他看到了一群令自己脊背发凉的生物——每个都面黄肌瘦、形容枯槁，简直像活着的骷髅;他们的面孔棱角分明，有些带着可怜的微笑;大部分两手垂在身边，有一个还挥舞着扫帚，另一个则挥动着几件衣服。他们似乎是世界大战里的幽灵，就像大家都见过的奥斯威辛和特雷布林卡①的骇人历史照片中的人。每个人看上去都肮脏无比，眼神死板僵硬，好像在冰块或是冷藏柜里冻了整夜一般。他扫视着四周，既感到惊悚又心怀怜悯，发现那帮人中有几个正在朝他逼近，缓慢而笨拙，看上去走得有些困难。

于是他快步攀上梯子，打算帮了忙就走，全身却被一种莫名

---

① 特雷布林卡位于波兰东北部，是纳粹德国修建的犹太人灭绝营之一。

的感觉剧烈而迅速地占领了，其中有惧怕，有厌恶，却也有悲悯和难过。他抓住梯子的两侧，抬起右腿，感觉到其中一个病人——或是犯人，真不知道该怎样称呼他们，对于自己愈演愈烈的恐惧来说，还是叫"疯子"更合适——猛然间让噩梦变成了现实，这些可恶的疯子中的一个贴近他的肋骨，狠狠咬了一口。一阵尖锐如灼烧般的疼痛令他动弹不得，仿佛置身于地狱之中。

洛克冲着那张嘴或是脸踹了一脚，那不幸的家伙向后跳去，要逃走的样子。然而这时，他感到仿佛有好多钩子挂在自己身上，于是侧身朝地面摔了下去，还没反应过来就又被咬了一口，这次是在腹部。他冲着那头颅挥起一只手臂反击，同时用另一只手臂支撑着自己想站起来。他跳起身，朝着门口，也就是大路和自由跨了两大步，却猝不及防被一个家伙扑倒了，在地上打起滚来。还有两个家伙在旁边像乌鸦一般低低地号叫着，第三个则鸽子一般咕咕地笑着。一切都失去了控制，混乱无比。洛克用尽了力气尖叫，大喊救命，直到嘴巴上挨了一脚，像呼啸的火车一般击碎了他所有的牙齿。他感觉自己再也没有力气对抗这一群沉默的怪物了，现在他们一起用震耳欲聋的怪诞嗓音共同重复着同一个句子——吃掉他，吃掉他。他们一次又一次地念着，最后的恐惧与疼痛已经将他整个包覆，那声音轰鸣回荡，梦魇般的怪物们越逼越近，低语着，怪笑着——吃掉他，吃掉他，吃掉他……

博尔赫斯丢失的书稿

——致小马丁内斯

不知道为什么，我从来没有讲过这个故事。应该是 1980 年底，从墨西哥城到纽约的航班。豪尔赫·路易斯·博尔赫斯也在同一架飞机上，不过他当然坐的是头等舱。我一时鼓起勇气，请求机舱里的空姐让我在他身边坐上几分钟。墨西哥姑娘都很善良，她不但同意了，还倒了一杯葡萄酒给我。

博尔赫斯的眼睛是闭着的，膝头上摆着一个深紫色的皮革文件夹。他看起来像是在祈祷，然而根据对他的了解，我想他应当是在构思或者吟诵着一首诗。他很平易近人，当我自我介绍说自己也是阿根廷人时，他笑了：

"或许，我们两个阿根廷人在此高处相遇并非巧合。你看吧，我们更难脚踏实地啊。"

他问能为我做什么，我回答，自己只是不愿意放过这个向他问好的机会。我还简明扼要地告诉他，自己刚刚发表了一篇名叫《采访》的短篇小说，在里面我虚构了他，博尔赫斯，活到了一百三十岁，却一直没能获得诺贝尔奖，一个嗓音甜美的美国编辑请彼时已有八十多岁、身为退休老记者的我对他进行采访。

博尔赫斯对我的创作自然没有什么兴趣，却认真询问了我对他的兴趣——他想知道我都读过他哪些作品，至少听说过哪些。我发觉对他来说，一个粉丝与一位读者的区别很重要。我告诉他，多亏了一场作家之间的象棋比赛，我得以读完了他的全部著作。我的说法无疑让他很高兴，也激起了他的好奇心。于是我给他讲述了自己当年在曾经的四月出版社工作时的这桩轶事：那个地方不但培养了很多出色的记者，还出了数十名优秀的诗人和作家，而他们几乎每个人象棋下得都不错。当然，我提到了七十年代初多位杰出作家的名字。我说，大家都读过他的作品，1975年是灰暗的一年①，每个人都想赢得出版社组织的象棋竞赛给冠军准备的奖品——《博尔赫斯全集》。或许是命运的安排（我是这样说的，知道他一定会爱听），夺得冠军和赢得奖品的人是我，当时的我年少轻狂，恃才傲物，痴迷革命远胜于文学，因此之前并没有读过他的文字。

"也许那时的你没错。"他附和道，"那一年我曾经说过皮诺

---

① 这一年阿根廷的军政势力开始控制政府，大量打压及杀戮反对势力，整个国家逐渐陷入了暴力与恐慌之中。

博尔赫斯丢失的书稿

切特①和魏地拉②是两位绅士。这种胡言乱语现在让我脸红。"

不管怎样,那时我作为一个年轻的写作者没有读过或者没有好好读过博尔赫斯都是不可饶恕的。于是我跟他说,自己很快就纠正了这个错误,并告诉他我最喜欢他的哪些作品。他在某个时刻打断了我,让我不要如此过誉,我最后坦言,他反复列举一些并不存在的作品的做法让我印象深刻,比如《死灵之书》《特隆第一百科全书》《接近阿尔莫塔辛》,赫伯特·奎因创作的《迷宫中的上帝》《四月三月》《秘密的镜子》等等;还有其他一些经常提及的作家的作品,这些作家的名字是约翰·瓦伦丁·安德烈、米尔·巴哈杜尔·阿里、尤利乌斯·巴拉赫、赛拉斯·哈斯兰、亚罗米尔·赫拉迪克、尼尔斯·卢内贝格、中国人彭寁、马塞洛·雅莫林斯基;以及梅多斯·泰勒所写的《杀手忏悔录》,或者据他所说总是晦涩难懂的罗伯特·弗勒德的哲学观点。

随后博尔赫斯大笑了起来,故作神秘地对我说:

"所有这些书中,只有一本是真的。我已经写出来了。"

我呆住了,直直地盯着他,彻底被这个身形瘦小的男人震撼

---

① 全名奥古斯托·皮诺切特(1915—2006),智利前总统、军政独裁者,于1973年发动流血政变推翻左翼总统阿连德,建立右翼军政府,统治智利长达16年。

② 全名豪尔赫·拉斐尔·魏地拉(1925—2013),阿根廷军政独裁者,1976年发动政变,软禁时任总统伊莎贝尔·贝隆,自任为阿根廷总统,在肮脏战争中对左翼人士及反对派展开大规模通缉、迫害与捕杀。

了。他的视力不佳，目光却能到达比任何人都远的地方，直至舷窗之外那虚无的尽头。此时他来回摩挲着拐杖的把手。

他注意到了我的彻底沉默。

"而且，我这儿就有一份初稿。"他轻轻地说，几乎是耳语了，"你要不要看上一眼？"

我无比激动，可以说，几乎在尖叫的边缘了。我跟他说当然，带着根本无法掩饰的兴奋向他道谢。他把那深紫色的皮夹子递给我，我回到了经济舱最后几排自己的座位上，立刻沉浸在了阅读之中。

标题很奇特，典型的博尔赫斯风格，说实话我现在已经记不太清了。我真够笨的，大约是《不一样的犹大》之类的吧。那是一部长篇小说，我认为应该就是博尔赫斯万众期待的长篇——是他口述，别人用打字机打出来的。情节很简单：埃贡·克里斯坦森是一位来自哥本哈根的丹麦工程师，他于1942年作为一艘货船的总工程师来到布宜诺斯艾利斯。货船的船长惧怕自己的船被当时进攻南大西洋的德国战舰队打沉，不敢起航。埃贡就在拉普拉塔附近住了下来，更新了自己的工程师执照，被莱戴斯马公司聘用并派往胡胡伊。他酷爱国际象棋，偶像是马克斯·尤伟。在胡胡伊，他经历了一段爱情，参与了一场体育赛事，两个经历都充满了矛盾与冲突。

最不同凡响的，必然是他的文笔——对词汇恰到好处的运用,精准而欲罢不能的情节推进,其中不可避免地提到了阿道夫·比奥伊·卡萨雷斯,修辞手法趋于完美,再加上由里而外透出的渊博学识,无一不令我这个幸运的读者瞠目结舌、五体投地。

读完以后,激动和感激让我浑身发抖,我走过去准备把文件夹还给他。博尔赫斯睡着了,头歪着靠在肩膀上,就像一个裂开的棉花苞。我觉得吵醒他不太合适,而且当时自己还在强烈的余波之中,只会说出些蠢话,还是轻轻把夹子放在他腿上吧。

我们到达肯尼迪机场的时候,好多人来到飞机上迎接他(估计是出版人和大使吧),我看到他们匆匆带他去 VIP 厅了。

过海关的时候,我惊诧地发现,那同一个深紫色的皮夹子竟然在一个高个金头发男人手里,那人一看就是斯堪的纳维亚人。我好像是在头等舱里见过他,但不太确定,这已经不重要了——毫无疑问的是,这个人偷走了博尔赫斯的初稿。

我警觉起来,想着是否要大叫来引起别人的注意,或者直接跑向那个男人把夹子夺回来,因为当时我已经不可能通知博尔赫斯以及陪同他的人员了。海关的官员跟我说了句什么,下一秒钟那个丹麦人就已经从我视线中消失——一定是个丹麦人,没错。我心中是一阵莫名的慌张,那一整天和后来的一段日子里一直挥之不去。接下来的一个星期我每天都备受煎熬地翻着报纸,等待着相关的消息出现,等待博尔赫斯或他的发言人刊登的寻物启事。我甚至觉得，他也许会将此等恶行归罪于我。

什么都没有。什么都没发生。据我所知，他从未就这件事发表过任何一个字。我也没有再见过他，直到 1985 年的一天晚上。那时候我已经结束流亡回到了阿根廷，南美洲出版社邀请我出席一场博尔赫斯的演讲，当时他在宣传与玛丽亚·儿玉女士合著的旅行随笔。我抱着向他问清楚那只深紫色皮夹下落的决心去了。但是，就在开始听众提问环节之前，他讲到以前有一次坐飞机旅行的过程中，曾经梦到过一个家伙从经济舱凑上前来，他自己成功地骗过了对方，让他把一份其实是假的书稿拿走了，这个人后来再也没有回来。

当然了，我决定闭嘴。博尔赫斯不久以后就去世了，全世界都知道，是在日内瓦。

彼端起舞，此处哭泣

——致胡安·鲁尔福

胡安娜一边挥动铁锹，一边擦拭汗水。她一次又一次把手中的工具插入地面，铲去土块，上气不接下气，全身酸痛，却丝毫没有停下来的意思。每隔一段时间，她就会直起身来向后仰，把背脊拗成弧形，再继续铲。她觉得天黑之前，应该就能在自己挖出的那个四米见方的土坑里燃起篝火了。音乐从隔壁街的舞会中传来，那是威森塔·托雷斯家的庄园，有舒缓的民歌、一两首斗牛舞曲和欢快的坤比亚[①]，嘈杂而充满诱惑。她不愿去想六月二十四日的一片欢腾。那个时候，全村的人都会出动，赤脚穿过燃烧的炭火。据说谁都不会被烧到，因为那是圣胡安之夜[②]，整个查科省会共度塔塔耶哈萨[③]的狂欢。

她继续铲土，心中没有一丝欢愉。因为就在自己的农庄里、简陋的板床旁边（他们两人曾有过极少的几次一起挤在这张床上，现在想想实在是太少了，远远不够）、一张木桌上的毯子中间、从神父那借来的铜十字架下方、被几十支蜡烛围绕着的，是罗萨洛的尸体。他的面孔平静而安详,那双漂亮的黑眼睛从前总像鳄鱼般圆鼓鼓的,现在永远地闭上了。她继续铲土,为了不再多想。

唱片机里现在播放的是《佩克索阿桥》④,铿锵的和弦填满了整个下午。胡安娜又一次向后弯了一下身体,此时四边形基本完成了,刚好赶在点燃铺满地面的火炭之前。人们都知道她是很虔诚的,绝不会慢待神灵,即使不参加狂欢的庆典,依旧会踩炭火的。罗萨洛若有知,也会希望她这样做,从某种程度来说,他就是因此而被杀。好吧,也不完全是,但从某种程度来说是。因为他想要在二十四号这天晚上出出风头,穿上一双新鞋,黑色的、崭新的帆布鞋,换掉摆在桌角边、已经翻了毛的那一双——那双鞋现在永远静止了,再也不会跳舞、走路、玩耍……他想要一双新的帆布鞋,所以特别卖力地干活。即使人们都跟他说别这样,正是大罢工的时候,不随大流的做法很不明智,大家应当在英国剥削者面前团结起来,诸如此类。但她是知道的,他没有任何恶意,只是想要足够的钱买一双新布鞋,再给他的胡安娜扯一块花布做条新裙子,一起去参加圣胡安狂欢派对。

---

① 源自哥伦比亚的快节奏音乐,适合跳舞。
② 又称篝火节,一般在六月底,人们会在夜晚点燃篝火,有些地方还有烧假人消除罪孽的习俗。
③ 指篝火节中踩过燃烧后的炭火灰烬以去除厄运的仪式。
④ 一首阿根廷家喻户晓的民歌,旋律激昂。

彼端起舞,此处哭泣

又一铲下去,她像是用尽了全身的力气,可能是最后一下了。她再次站起身来,两只手掌托在腰后肾脏的位置,看着田地:这片一成不变、无边无际的平原,在最近的雨水后冒出了新绿。芦苇丛渐渐发烂,有的地方还很干燥,有的地方则长出了毫无用处的嫩芽。因为罢工已进行了两个月,工场不再磨粮食,空气中甘蔗渣和酒精的味道都消失了。真正的最后一铲之后,她熟练地点燃木炭,让小小的火焰在中心燃烧起来,并从两边轻柔而持续不断地吹气,四肢着地,用一片硬纸板护着火苗,使它如一个健康的孩子般成长起来——就像那个曾经与罗萨洛一起梦想过,却由于这凉爽且几乎未染秋意的六月里的鲜血,她再也不可能怀上的孩子。

底下的木炭也点着了,缓慢而从容,火苗强劲有力,熊熊燃烧。听着那首《我可爱的白鸽子》,她抬起一只手臂。那是两年前的另一场舞会,在一处湖畔的秘境。当时的罗萨洛年轻气盛,几下解开了她的长发,又撩起她的裙摆。想到这些她止不住浑身颤抖,也不去忍耐自己的哭声——无论如何,他死了,自己怎么可能不哭。随后她用黝黑的前臂抹干泪水,走过去护住火苗——火焰从中心慢慢升高,宛如一种高尚的情怀。

她听得到远处的第一阵叫喊、人们相互打招呼的声音和大小马车到达时的嘶鸣。马儿们被拴在马桩上,或者橘子树低矮的枝条上。空气中充满了嘈杂,有各种噪音、简短的对话、问好和敬第一杯酒的声音。夜幕已经降临,星星开始在天空中闪烁,她想起了前一天晚上,罗萨洛从工厂回来时,说道:"我好累,一点力气也没了,还好害怕。"而她说:"行啦,罗罗。你总是抱怨自己的工作不好。"他回答:"我只做到周五,为了那双帆布鞋。你知道吧?"随后他笑着揽住她的腰肢,倒在她身上。板床被一下下朝着土地轻柔地敲击,咯吱咯吱的响声。

"我只做到周五。"胡安娜回想着,她已经重复了这句话上千遍,并发誓永远重复下去,一辈子。如果还有一辈子的话。"我只做到周五。"他这样说。不错,一切都在周五停止了,他在那天被定格,不再继续。他干完活走出来的时候,在厂子一侧的围墙边被撞了个正着,挨了两刀。两刀都又准又狠,其中一刀稍微偏了一点点,另一刀准确地刺穿了心脏。她那些姐妹们就是这么说的——威森塔太太、恩卡娜森、玛蒂塔、埃杜维格丝——她们用力地拍着农庄大门,大声叫喊:"他被扎穿了心!"一次又一次,每次都叫得更起劲,好像自己才是第一个宣布这惨痛消息的人:扎了两下,厚重的大砍刀,跟开山刀差不多但短一些,她们这样告诉她,她摇着头,几乎喘不上气来,像是被钉在了地板上动弹不得,也听不懂一个字。但她意识到,不祥的征兆已经变成了现实。

那是星期五的晚上,她一直很害怕,害怕极了。那天早晨罗萨洛去上班时跟她说:"胡安娜,今天就结束了。"她不许他这样说。谁知竟然被他说中了。现在,大家都在用各种方式冲她叫喊,如同被扔了石子的马蜂窝一样激动,有些人开始排练如何哭丧了。恩卡娜森太太用两只铁轨枕木一样又粗又胖的胳膊箍住她说道:"来吧孩子,你得坚强。"她想问什么才叫坚强,一个人的时候还有什么好哭的,现在所有的不祥之兆都已经实现了。

为了停止胡思乱想,她又用手臂擦了擦额头,再跺跺脚,驱走正在脚腕上吸血的一只蚊子。她盯住越烧越旺、劈劈啪啪的火苗,它们已经覆盖了一整片的木炭。火已经烧好了,她想,注视着向上蹿升的火苗。她从热气边挪开一点,看到篝火之上,是一望无际的原野。而那边,约摸一百五十米开外吧,威森塔·托雷斯家的派对无比热闹,全村人都聚集在那里准备踩炭火,因为塔塔耶哈萨的狂欢中,脚板是不会被烧到的,之后开始跳舞、一醉方休、尖叫到黎明。此时此刻,克制着尖叫冲动的她,听到背后最后一个留下守灵的男人在向她道别:"再见,胡安娜。我走了。"语调中带着歉意,是年迈的洛克·佩雷斯。他又说:"埃杜维格丝会再留一会儿。不过你进去吧,姑娘。别一个人待着。"说完就转身走了出去。

胡安娜望着他沿农庄外墙慢慢走远,向埃杜维格丝挥挥手算是打了招呼。她正在屋里,坐在一个小板凳上,守在尸体一旁,从晚上六点哭到现在。她接替的是从三点开始哭的丽塔·布罗兹尼奇,她之前是卢卡莱·伯尔提尼,从大约午休的时候。

流亡者的梦

再往前是谁胡安娜都记不清楚了，也无关紧要。此刻重要的是，埃杜维格丝最后也得回庄园去，自己会独身一人留下，跟她已死去的、冰冷的罗萨洛在一起。罗萨洛在烛光和屋顶豆角枝上挂的煤油灯照射下，无比苍白，天知道是不是灯油要燃尽了。

她缓缓站起身来，开始翻动火炭。一铲一铲，堆在自己之前挖出的方坑里。土坑只有几厘米深，她机械地重复着自己的动作，什么都不去想，也不去听隔壁街传来的那一波又一波越来越兴奋的尖叫和"瓦宛可"乐队①激昂的乐曲，还有酒瓶的碰撞、马匹的嘶鸣、草地上的亲吻。胡安娜整齐地堆叠着火炭，每次拨动，火光都愈加明亮。弄好以后，她深深地呼吸，望向天空，紧咬下嘴唇压抑着心中的痛苦，随后掀起麻布的门帘，向屋内走去。

埃杜维格丝看到她，停止了哭泣，用泛黄的手帕擦干眼泪，说："我走了，胡安娜。到你了。"

"走吧，朋友，谢谢。对，我接着来。"

埃杜维格丝人已经走了，她还在重复着喃喃自语："对，我接着来。对，我接着来……"在仍有余热的小板凳上坐下，她不由得问自己，接下来该怎么办。是开始哭，还是做些别的什么。盯着罗萨洛那双线头都已经冒出来的旧鞋子，她不由得出了神。他的躯体被毛毯盖着，上面仍然血迹斑斑，胸前是一片鲜红，却

---

① 著名的坤比亚乐队，歌手和乐手们来自拉美不同国家。

彼端起舞，此处哭泣

已经冰冷凝固了。她觉得凶手应该是鲁菲诺,他一直很嫉妒罗萨洛,因为是他先喜欢上自己的,但那个时候她还太小,没有接受,记不清是多少年前的事情了。而且现在这一切都无关紧要了,他永远也不会知道了。胡安娜心中闪过一丝歉意,特别是因为自己现在根本没办法哭出来。她只是这样望着眼前的尸体,开始低声跟他说话。整个农场此时只有她自己,全村人都聚在一起欢庆圣胡安之夜。哈,她笑了。真是讽刺,彼端起舞,此处哭泣。但转念一想,如果她自己都哭不出来,还指望谁能做到呢。她没有力气,也没有意愿。悲痛也是需要力量的,去计划复仇更是如此,她做不到。自己孤身一人,一无所有,身边没有了罗萨洛,现在还能如何呢。

于是,她脱掉鞋子,赤脚踩在地面上,注视着昏暗的暮色,周围渐渐点起万家灯火,直到发觉自己的脚在不自觉地追随着一首巴里托·奥特加的歌,原来最后一首民歌已经奏完了。

她想要祈祷,却在刚说出"主啊,请让我们脱离苦海"之时意识到,这根本没有用,也没有心情念祷词。也许跟罗萨洛共舞一曲能让自己精神起来,但这永远也不可能发生了。于是她站起来朝木桌走了两步,在桌边站住了。她拥抱自己的爱人,决定什么都不再去想:不想罢工,不想地里的甘蔗,不想他一直想要的那双帆布鞋,不想自己应当哭泣因为人死了必须有人哭,不想到底是不是鲁菲诺,不想他被扎了两刀伤到了心脏,一刀偏了一刀很准正好刺穿他的心……

巴里托·奥特加的声音在远处的唱片机中不断重复着，胡安娜抖抖双脚，准备走进炭火。塔塔耶哈萨之夜大家都要这样做，而且他们原本要一起踩炭火的：他脱掉自己的新鞋子，她提起裙摆，两个人面带笑容、信心满满地穿过威森塔·托雷斯家的火炭，在众人的祈祷声中念着自己的祷词，或许夹上几句爱情的誓约，伴着巴里托"哈哈哈哈，无比快乐"的歌词。胡安娜突然想叫罗萨洛起来，于是她这样做了，健壮的她有使不完的劲，抱住罗萨洛，把他半僵的躯干抬起来。多亏了尸体怪异的硬度和曲度，她成功地把他摆成了直立的姿势。她半拖半拽，气喘吁吁，把罗萨洛弄到了农庄的后院，四方形炭火地正熊熊燃烧的地方。她带着高大、英俊、在自己手臂中沉重无比、最亲爱的罗萨洛跳上炭火，踩到的第一块炭就炽热无比，烧痛了她的皮肤，灼伤了她的脚板。即使如此，她还是随着"哈哈哈哈，无比快乐"舞动了起来，巴里托的声音直冲天际，又落在他们俩人的身上。胡安娜强忍着疼痛，忘记了祈祷，而人们说，塔塔耶哈萨之夜中不被烧伤的唯一方法就是祈祷。她忘记了祈祷，失去了力气。她惊恐地发现，罗萨洛的身体从她的臂弯倒下了，开始在火焰中燃烧。她犹豫了片刻，却立刻躺在了他身边，忍耐着周身的痛楚，始终坚信那可恶的死亡绝对不会带来疼痛，她忍耐，忍耐，再忍耐……

彼端起舞，此处哭泣

妈妈的鞋子

妈妈火冒三丈地瞪着爸爸，因为爸爸不喜欢她穿的鞋子。妈妈还说，爸爸今天对她做的事，她一辈子也不原谅，死了以后也不会。

随便谁都会同意，爸爸不过是在犯傻罢了。但在他们俩人之间，这样的事却成为一个极其重大的决定性问题，因为妈妈发怒的时候就像一个野人，艾特维娜阿姨见到她发怒时这样说过，阿姨说，妈妈生气的时候谁都哄不好，总是拿出一副自己绝不原谅、别人也休想原谅的样子。

妈妈的脚很漂亮，美丽无比，像两只鸟儿一样，没有茧子，脚趾像阿根廷烤饺子的边褶般平整，这是全世界公认的。正因如此，爸爸说，穿那么难看的鞋子简直是犯罪。我不明白穿这些又丑又大、包得严严实实还动静特别响的鞋对你有什么好处，爸爸又说。而且，不知道为啥，走起路来还有咯吱咯吱的恐怖声音，但谁都不能说什么，因为你永远接受不了批评。那是因为你的批评永远没有建设性，妈妈说。那是因为你表现得像只野兽，爸爸说。最后妈妈冲他大喊:我天生就这样,你最好别往枪口上撞,我受够了你的批评,受够了你的审判,受够了这样的生活,因为我明明值得更好的(妈妈永远都说这同一套词)。反正也没有办法让她安静下来,爸爸只能闭嘴,妈妈继续叨唠着一切能想到的东西,层出不穷,没完没了。

在妈妈面前,别想有任何微词,她的幽默感也不强。他们两个更年轻些的时候,爸爸建议过她穿高跟鞋,还打趣说,无论如何我都一样爱你。但是妈妈我行我素,只买自己喜欢的鞋子,爱穿什么就穿什么,还总抱怨说,我搞不懂为啥男人们都喜欢装模作样对女人的穿着指手画脚。

妈妈就是这么霸气,看上去粗暴易怒,若是她不喜欢的人,她连理都不理。这我们都知道。所以爸爸这周六下午的所作所为,虽然听起来很蠢,但确实有些过头了:当时家里其他人一个都不在,他趁机把妈妈所有的鞋子都找了出来,大概有十几双,新的旧的都有,把它们全部都塞进一个袋子里,叫来了胡安妮塔——那是在我家帮着干活的姑娘——还说,拿着吧,胡安妮塔,太太吩咐我把这些都送给你。

爸爸把一整袋子鞋都递给了胡安妮塔,小姑娘兴高采烈,带回家去了。

当然,不出所料,妈妈当天晚上就发现了。她一到家,脱下脚上的靴子,开始找屋子里用的拖鞋。她看到了空荡荡的衣橱,一声尖叫从卧室里传出来:"提提诺你把我的鞋子怎么啦?!"人也随之冲了出来,准备大战一场。

爸爸的反应很有意思,他竟然说了实话:我全都送给胡安妮塔了。这句话瞬间引燃了妈妈最恐怖的复读机模式诅咒,骂他狂妄自大、多管闲事、排犹纳粹、疯子、种族歧视……又冲出家门向全世界控诉,从外婆和艾特维娜阿姨开始:这个家伙无聊的时候就是行走的危机,他干吗不祸害自己就好,现在他等着看鞋店的账单有多长吧!

对我来说,他们身上显而易见的两样东西是:妈妈没办法接受意见的偏执,爸爸总想着改变别人的狂热。

然而还是拿他们没办法。阿姨说,对这样的人,最好的方法就是无视他们。我觉得她说得有道理。但他们恰好是我的父母,你觉得我能无视吗?

珍妮·米勒

　　有时候我也认为，自己的故乡雷西斯滕西亚①是一个丑陋、平淡、灰暗而肮脏的地方。它跟福尔摩沙②相差无几，却更自命不凡一些。每当想起珍妮·米勒的故事，胸中便燃起怒火，让我对此愈加确信。

　　那是很多年以前了，少说也有二十年。她当时只有十七岁，跟我们共处了十一个月，从二月到次年一月。她拿了奖学金，来参加国际交换生项目，四月时她跟佩鲁萨·安德烈奥提相爱了。那是一个城里的富家子弟，是当地显赫的意大利移民家族中年龄最大的男孩。那男孩很帅气，身材也练得如运动员一般，眼珠是湛蓝的颜色，就像下午六点，夏日的暴风雨过后，地平线处苍翠雨林上方的天空。

　　珍妮是一个黑人女孩，她兴高采烈地来到这片土地，这个所有人都号称没有种族歧视的地方。当佩鲁萨开始把她作为女友向众人介绍时，这一点看似得到了证实。男友的父母、父母的朋友、社交圈、高尔夫俱乐部都接受了她。这一切毕竟很新鲜、很奇特，她也是个非常可爱的姑娘——身材完美，微笑起来牙齿雪白，像一排棉花棒，而且阳光开朗，能照亮她所到的每一处地方。而且大家都心知肚明，她是不会在雷西斯滕西亚待太久的。

我并不欣赏安德烈奥提家族对待她的方式，也跟她提起过。我们俩从她到达的第一天就成了很好的朋友，因为当时像我一样英语水平不错的孩子并不多。不过我说的是英式英语，而她则是美国的中西部口音。事实上，头几个星期，我一直充当她的翻译，她则抓紧练习着她那好听的西班牙语。

她很快跟学校里的男孩子们成为了朋友，我们都很喜爱她，她就像绿叶中的红花——善良、有趣又性格温和。她在雷西斯滕西亚过得很好，很快乐，我们也一直维持着友谊。我当时很喜欢她。其实，我得承认，也许我已经爱上了她，却从未告诉过她。因为那时的我们已经成为了亲密的好友，而那个年龄的我认为，爱情是一种对友谊的背叛。不过我想，当年没向她表白最根本的原因，是年少的自己极其害羞并缺乏自信。当然，得知她开始跟佩鲁萨约会时，我的内心翻江倒海。

她的恋爱跟所有情窦初开的少年一样——坚决而炽烈，恨不得为对方付出所有。因为所有那个年纪的孩子都认为——包

---

① 位于阿根廷东北部巴拉圭河畔，查科省的首府，作者的故乡。
② 阿根廷巴拉圭河畔的另一座首府城市。

括我,但今天的我已经明白了——一切都理应是坚决而炽烈的。他们却不知道,也不想知道,生活最终将教会我们各种暗示、甜言蜜语和虚情假意。她就像人们从未注意到的野生紫罗兰一般,天真无邪地坠入了爱河。虽然我一点也不喜欢佩鲁萨和安德烈奥提家族,但当珍妮提出要我别有偏见时,我想她应该是很开心跟他们在一起。不得不承认,我确实对这个趾高气昂又卑鄙无耻的暴发户家族意见不小。

学年结束后,珍妮就要回她的故乡去了。对我们来说,那里简直不可思议,在世界的另一头——是爱达荷州,威斯康星州,还是美国别的什么听起来几乎不真实的地方?最后一段时间我们见面少得多了,她的西班牙语已经很流利,整天跟佩鲁萨和其他朋友泡在一起。他们给珍妮办了两场欢送会,我一场也不愿意去。好吧,我想是因为心生怨恨,我开始跟另一个女孩约会。真的记不太清楚了,可能我是在嫉妒。

她离开之前打电话找我出来,我们一整个下午都一起骑单车,一起聊天。我们去了河边,回忆起刚认识时的日子。约好一定给彼此写信,发誓无论发生什么,两个人都永远是好朋友,我以后也一定会去她的故乡看望她。有那么一刻,我几乎就要脱口而出:我爱她,为她痴狂。却没有勇气。内向的人总会犯下这个可怕的错误:在最应该说的时刻不敢表达自己内心的感受,然后一辈子都在悔恨中度过。我明明清楚,却还是什么都没有说。

我认为她也有所察觉，因为某个瞬间，她看我的方式不一样了，更加专注。也可能是我的错觉，仅此而已。黑人姑娘的眼眸一旦注入感情，便是无边的温柔。而我还那么年轻，怎么可能不意乱情迷。

珍妮从雷西斯滕西亚离开，留下了一大帮朋友，还有我空荡荡的心。大家都相信，共同的回忆坚不可摧，地久天长。她也带走了好多礼物，包括一条带圣母像的金链子，是妈妈买来让我送她的。还有一个小小的豆角雕像，是一个尖头烛台。是佩鲁萨给她的，还骗她说，那是当地印第安原住民的传统工艺品。

在飞机场，佩鲁萨当着众人跟珍妮说，要她以后回来跟自己结婚。她答应说，一定几个月之后就返回雷西斯滕西亚。

但仅仅在珍妮离开的第二天，佩鲁萨就开始跟全世界吹嘘自己如何上了小黑妞，她的乳头有多坚挺。每次哄堂大笑之后，他都跟人打赌，这小妞一定会回来的，因为她爱自己爱得发狂。同一年夏天，一个海滩上的午后，我亲耳听到他答应身边的朋友，下次一定把这姑娘跟他们分享，让大家都见识见识黑人有多火辣。

我记不清那年冬天有没有发生什么特别的事了。只记得是高中的最后一年，我们的篮球队获得了学校联赛的亚军。

我已经决定，来年春天到邻近的科连特斯市去学习法律。

一个周二,我去交报名材料。返程时刚在巴兰克拉斯①下轮渡,就听说珍妮回到了查科。

当天晚上我就见到了她。她容光焕发,一副热恋中的样子,就像新生的麦穗般闪闪发亮。我俩贴面问好,我告诉她,你真漂亮。她是回来告诉佩鲁萨自己有多爱他的,也带来了一个消息,一个我当时竟然错误地认为应当是激动人心的好消息——她怀孕了。

她完全没想到的是,堂卡洛·安德烈奥提家的公子充满了敌意,他还让雷西斯滕西亚人尽皆知,珍妮被自己拒之门外,并宣称,天知道谁是这黑皮肤野种的父亲。珍妮成了全城的笑料。

不管我们几个好友如何挽留和劝慰,珍妮依然无法承受被如此冷漠地羞辱,在雷西斯滕西亚连两天都没有待满。星期四一大早,她就坐上了去布宜诺斯艾利斯的飞机,星期五飞往迈阿密。

两个星期以后我们得知——国际交换生项目被终止的消息是工作人员来通知的——珍妮结束了自己的生命。她用那个豆角烛台,刺穿了小腹。

我在看守所被关了两天。佩鲁萨受了重伤,因为我狠狠地揍了他一顿。

---

① 查科省的港口城市。

珍妮·米勒

后来我去了科连特斯读书。

佩鲁萨第二年跟一个来自布宜诺斯艾利斯的女孩结婚了。她长着金头发，蓝眼睛，看起来精明得像条黄花鱼。

待我终于得以看望珍妮·米勒，已经是十七年以后了。她长眠在美国印第安纳州的南本德市郊。

我在她的墓前摆上了一束玫瑰。在那个时刻，我下了结论——雷西斯滕西亚是一个丑陋、平淡、灰暗而肮脏的地方。

胡安与太阳

——缅怀巴比·莱昂纳利

连绵的阴雨让整个世界都变成液态的了。从上一个月开始，一直停不下来。就算停也只是一小会儿，几个小时的样子，最多歇上半天或一个傍晚，但很快就又卷土重来。整整一个月都是如此。都不止一个月了。

爸爸说，那年的雨水，是查科有史以来最漫长最丰沛的。戏剧性的是，当时他们有一个朋友，住在一个名叫贝尔梅霍港的小村庄里，正在慢慢死去。他得的是结核病，在那个年代是不治之症，阳光和干燥的气候能缓解症状，但止不住的雨刚刚好把这唯一的希望浇灭了。

"可我们得去看看他呀。"明戈叔叔对爸爸说，他们是最好的朋友。爸爸的目光死死盯着已然化为湖面的街道。每当车辆经过，都会激起一阵浪花。

另一个朋友贝南西奥把左胳膊肘撑在桌子上，手掌托着下巴，有节奏地点着头，眼眶湿湿的。他是个胖子，身形宽阔，像只青蛙。爸爸总说,贝南西奥像面包一样圆嘟嘟的。

"可怜的胡安啊……我们真得去看看他了。"

他们的朋友胡安·萨拉维亚那时候已经病了几个月了,大家都很担心。爸爸说,胡安是萨尔塔省人,在距雷西斯滕西亚百十公里远的贝尔梅霍港附近定了居。那地方临河,河流的名字也一样是贝尔梅霍。胡安住的房子是多年前他自己用双手盖起来的,当时他是个汽车配件商,刚刚从萨尔塔省搬过来。他们就是在萨穆乌①的一家小客栈里成为了朋友。那是一个雨水泛滥的夜晚,道路都被淹了,三个人因同时被困住而相识了。那个时候明戈叔叔是国家银行的经理,爸爸是往返各地的生意人。之后的那些年,他们一起走遍了阿根廷东北部的很多地方,直到胡安选择退休,在河边安了家,孤身一人,也不知道是不是感情上受了什么刺激。而现在,结核病就快要了他的命了。

那天早晨,在星星酒吧里,爸爸唯一能做的,就是注视着雨水落下。它缓慢而慵懒,却一刻不停,就像半夜突然犯起的牙疼。他们已经聊遍了政治、生意、足球和所有一切男人有兴趣在酒吧里讨论的东西。

于是明戈叔叔说:

"唉,我们得去一下。已经好久没去过了。"

_____

① 查科省的一座小城市。

"雨季开始后就没去过。"爸爸回想道,"已经过去一个多月了。"

"你说得去,那就得去。"贝南西奥说,他是那种随时响应自己好友所言所行的人。而且像个孩子似的,永远不允许答应的事做不到。

几个人相互对视,像是共同承担起了做决定的责任。他们知道,道路都不畅通,太阳也是一时半会儿出不来的,却义无反顾地踏上了旅途。

"好,我们走吧。"贝南西奥说,慢悠悠地站起身来,胖子好像都是这样的。

于是明戈叔叔叫吧台里的日本服务生结了账,几个人穿过马路,钻进了爸爸的福特轿车。虽然空气潮湿无比,车子还是一瞬间就启动了。他们一路向北,朝着福尔摩沙的方向驶去。

他们的朋友胡安·萨拉维亚只有四十二岁,但最近一次见面时,看上去已经像七十岁的老人了。那一回他形销骨立,吐出了几口蟑螂一般的血痰,就是不愿意离开贝尔梅霍港,因为他同样来自萨尔塔的弟弟在那里照顾生意,那是他剩下的唯一亲人。贝南西奥、明戈叔叔和我爸爸也是他整个世界上仅存的朋友了。所以每隔一段时间,三个人就会选一个周六,开着爸爸的福特轿车去看胡安。他们会带他去晒太阳,给他讲城里的事情。

但那个季节的阳光实在是太稀少了,对于结核患者来说,几乎相当于被判了死刑。农田和道路都淹在了水中,贝尔梅霍河在连续四周的大雨后泛滥,村庄每天早晨看上去都又下沉了一点。巴拉圭河与巴拉那河都不堪重负,就像两个虎视眈眈的国家将第三个国家挤在中间,准备将其吞没。贝尔梅霍河的洪水无处排放,到处蔓延,由于这里没有山脉,甚至没有一个可怜的小山丘,整个查科大平原看起来就像是一片汪洋。河水日复一日地向前奔涌,片刻不停,少数地势高的公路与铁路宛如水中的一道道疤痕。而太阳对于大地,此刻就像对于他们一步步被死神逼近的朋友一样至关重要,却只是存在于记忆中。它偶尔露个头,怯生生地,刚一露面,就被那些又黑又胖死不让步的大云块瞬间吓回去了。

前一天晚上明戈叔叔跟贝尔梅霍港通了电话,胡安的弟弟说,他现在身体很差,情况危急,像部马达似的不住咳嗽,还不断地胡言乱语。服下的奎宁已经不起作用,村里的老医生泽诺·巴里奥斯宣布,没救了。

他们午后才出发,行驶在恐怖片里才会出现的阴郁天空下。到达的时候——没错,尽管一路上满是雨水和泥泞,最后他们还是到达了——胡安·萨拉维亚睡着了,气若游丝。三个好朋友和他的弟弟无助地对视了一下。贝南西奥泡马黛茶的时候,胡安睁开了双眼,眼皮虚弱地眨了眨,算是打过招呼,就又发着烧沉沉睡去了。每隔一会儿,他嘴里都会呕出又浓又厚的痰,像毛蜘蛛一样吓人。

贝南西奥、爸爸和明戈叔叔围坐在他身边喝马黛茶。束手无策却坚定不移。

每过一段时间，其中一个人就会站起身来，走出去看外面，心存疑窦般端详半晌天上的云团，再带着矛盾的神情回来。他们意识到，太阳短期内重新出现，是不可能的了。

"没指望了。出不来了。"一个人说。

其他的人附和道：

"哪怕是出来一小会儿也行啊。"

"那该有多好啊。"

马黛茶在每个人的手上轮来轮去。胡安一直咳嗽。大家都围绕在床边，彼此交换着眼神，眉头紧锁，仿佛在沉寂中默认，自己什么都做不了。

整个下午，整个晚上，几个人都陪在病重的老朋友身边，轮流为他擦拭额头，喂他服药，给他喝水，在他咳嗽得疼痛难忍时柔声安慰，扶住他的头清理嘴巴里积累的血，再将他的头轻轻引至旁边那个土豆泥罐头盒。它看上去令人作呕且锈迹斑斑，被当作了痰盂用。

雨下了一整夜，不曾停歇。星期日的凌晨，一阵东南风吹起，大家都盼着太阳能最终出现。但上午过半，天空依然阴云密布。正午时分，那一个月前就开始了的顽固而愚蠢的雨，又下起来了。

就是那个时候，明戈叔叔猛然拍了拍自己的脑袋，说：

"咳,这个家伙需要太阳,就给他太阳吧。来!"

于是三个人都离开了胡安的家,开始分头行动:贝南西奥去找梯子,爸爸和明戈叔叔走向村里唯一的一家老杂货店。虽然是星期天,他们还是搞定了店主堂布劳埃利,让他开了门,买到了两把刷子和三罐颜料,分别是黄色、白色和蓝色的。

"如果太阳不肯出来,我们就自己画一个。"他们向胡安的弟弟解释道,他刚刚走进来,还没弄明白发生了什么事。

于是,几个人开始在那将死之人的卧室天花板上,画出一片蔚蓝的天空和一朵朵辽远的白云。最中间是一轮灿烂的太阳,光芒万丈、耀眼夺目,简直像一轮真的太阳一样。

大约下午四点的时候,明戈叔叔打开了卧室的窗户,让外面灰蒙蒙的天光更好地透进来。贝南西奥把房子里所有的灯都点亮了,连福特轿车的高灯都聚焦在窗口,让所有可能的光线都反射在天花板的太阳上。每个人都围绕在胡安·萨拉维亚的病床边,鼓励他道:

"快看看太阳吧,老朋友。看看,它能让你好起来。"

几个人像教徒一般虔诚,那场景宛如一幅文艺复兴时期的油画。明戈叔叔将垂死的病人搂在自己的臂弯里,贝南西奥轻轻抚摸着他的头,将他的身体靠在自己的胸膛上,就像在哄一个孩子,而爸爸用车灯照亮了整个空间,胡安的弟弟在一边吸着马黛茶,目睹着这一切,有点像老年人在看动画片。

"看看太阳吧,胡安。你会好起来的。"每隔一会儿,胡安·萨拉维亚都会在痛楚中挣扎着张开双眼,望向那一片荒诞的天空。

就这样,几个小时过去了,雨一直下,一直下,像是永远也不会再停下一般。下午五点半的时候,胡安·萨拉维亚的眼睛眨动了两下,就一直紧盯着屋顶,不知是不是为了让老朋友们高兴。他好几分钟一动不动,脸上的表情掺杂着诧异、悲伤与忧郁,目不转睛地注视着天花板上那一轮巨大的金黄色太阳。

"看! 他好像是在笑呢!"贝南西奥说。

"没错,胡安。继续看吧,你会好起来的。"明戈叔叔说。

但那行将就木的人,慢慢地闭上了双眼,精疲力尽。

不一会儿,约摸六点钟的样子,星期天的白昼将尽,天色渐晚。夜幕降临之时,病人高烧不退,咳嗽也愈加撕心裂肺,从肺里咳出来的血,止都止不住。

胡安·萨拉维亚用一只手握着贝南西奥的手,又用另一只手握住了明戈叔叔的手,开始慢慢离开这个世界。但在出发之前,他又睁大眼睛,最后看了一眼那轮令人难以置信的太阳。他注视了片刻那刷在天花板上的金黄色圆球,嘴角浮出了一丝微笑,几乎难以察觉,就像有些宗教画中的耶稣脸上的一样。随后,他用尽全身的力气展开笑颜,徒劳地深深吸进最后一口气,接着就是最终的一声咳嗽,他的身躯跟着软了下来,仿佛一朵棉花,从花苞上随风飘落。

胡安的弟弟和贝南西奥相拥而泣。明戈叔叔躲进了厨房里,开始端椅子。爸爸更平静一些,他出门去找民政人员办死亡证明书。

爸爸回来的时候,贝南西奥已经安排好了守灵仪式。他从院子里剪了些凤仙花来,又点上了几支厨房里找到的蜡烛。

他们彻夜守灵,整个村庄的人都前来向胡安·萨拉维亚告别,依照边境地区可敬却有些笨拙的传统风俗。第二天凌晨,雨已不再下。南风把天上的云层推开,仿佛赶走了羊群一般。

早上九点,一列稀稀拉拉的队伍拥着胡安·萨拉维亚的尸体向墓园走去,似乎越走人越少。神父吟诵着《上帝的羔羊》,天空完完全全地放晴了,仿佛一只友善的大手。那一刻的太阳——巨大、炽热、辉煌的太阳——放纵地闪耀着,照向世间万物,天上连一丝云都没有。

那一刻,大家都抬起头望向天空,每个人都竭尽全力地盯住太阳。贝南西奥用手肘捅了捅明戈叔叔:

"你见到他的微笑了吗?要我说,他肯定是死之前梦到了太阳。"

"去他妈的太阳。"明戈叔叔说道。几个人开始踏上归途。

伤感的旅途

　　在水牛城的灰狗巴士站等车的时候,他并没有注意到她。但上了车,在吸烟区第一排落座以后,他的目光就被那个女人的姿色吸引了。她是个高个儿黑人,不是一般的高,得有一米八吧。还顶着惊人的爆炸头,面孔既撩人又甜美,棱角不算特别分明。皮肤光滑,光彩照人,肉嘟嘟的双唇显得特别突出,那是一种很自然的粉红色,没有擦唇膏。但那女人从各方面来看,最迷人的地方,莫过于身材了,简直火辣无比。那一对乳房如此雄伟、大方,他从未见识过。而且,它们完全不需要内衣的支撑,也许还会对其嗤之以鼻,估计根本找不到尺寸合适的。它们把一件很短的白色连衣裙撑开了,领口深得像诱人的悬崖峭壁,随便哪个男人都巴不得从上面自杀。她把大衣脱掉之后,他发现原来她的腰肢很细,只有一小截惹火的腹部突了出来,很像是几个月前刚做了妈妈,身材正处于调整期,这样的女人体内无疑爆发着一波崭新的性感。

　　他紧紧地盯着她,连呼吸都忘了,目瞪口呆,欣赏着那个猫一般的美艳女人的一举一动。她把自己的大衣放上了行李架，他没有错过这个机会，目光顺着她完美的腿部曲线游移，那紧裹双腿的黑色丝袜，从白色连衣裙无比轻薄的缎面下呼之欲出。他飞快地抹干了自己的嘴唇，手里的书还没打开过。摇摇头，微笑着，他自语道，自己从未见过任何一个这样的女人，除了摄人的美丽，还有着一种不可忽视的威严，举手投足中有一种与生俱来的优雅，连坐在巴士座位上的样子，都有一种由内而外的气质，这是学不来，也模仿不来的。而且，就连她点燃那支细长而精致的黑色纸烟的样子——烟雾无声地蔓延开来，随后渐渐消散——都性感无比。这一切都让他隐隐感到，自己的血液沸腾了，这绝不会是一趟平静的旅途。

当然，他随即意识到了其中的问题——自己的英语实在是太差了。他在头脑中找了找带颜色的笑话，对这种雌性动物，来几句就能快速拉近距离的吧。他暗暗下定决心，有机会一定要抓住。他心里很清楚，自己不是那种会被有眼光的女人们忽视的家伙。这个黑女人看上去绝不缺看男人的眼光，但不管怎样，他心里还是感到了一丝挫败。车开动了，他向窗外望去，自己也点上了一支烟，仿佛在计划着接近她的方式。又或许，心中升起了些微的退意。

刚到巴士站的时候，还有两分钟，开往纽约的特快大巴就要出发了。她一眼就看到，那个家伙正在上车，自己的心竟然微微一颤。几乎是不由自主地，她停了几秒，整理了一下头发，解开了下出租车时系起的大衣。她很清楚，仅仅是把外套打开，露出焦糖色的皮肤这一个动作，就能引发如何的遐想。她也随即走向大巴，跟在那个男人身后。

那是个让人无法把目光从他身上移开的人物。身高大约六英尺多一点，体格很结实，还算不上胖，但是结实。身材高大，却并不显得笨重。衣着很精致优雅，褪色的牛仔裤很合身，勾勒出两条宽厚的腿，想象中应该是毛茸茸的。她注意到了，那双腿很强壮。她很中意那坚硬的翘臀和其他的一切。见鬼了，那块凸起真是壮观。

她从后排紧紧地盯着他，看着他在吸烟区第一排落了座。她当然想跟他坐在一起，巴士上并不算满，还有不少空位，她完全有权选择自己的座位。她也并不太在乎那家伙怎么想。那该是别人担心的事。她颔首微笑，一边脱下大衣，一边刻意吸气，让小腹收紧，同时把胸部像探测气象的热气球一般挺立起来。她深知此举会引发何种灾难。她趁机飞快地瞟了一眼那男人惊呆的目光，他的双眼根本没法从自己的身上移开。好吧，让他慢慢品味，她特地把一举一动都放缓：大衣摆上行李架，徐徐转身，献上了不同的欣赏角度，坐下后又交叉了双腿。连衣裙向膝盖上方爬了几英寸。

那家伙很英俊,是真的。鼻梁很窄,像希腊人,眼珠的颜色在绿与灰之间,目光似乎有些胆怯,同时又很鲁莽。这样一个家伙是不会拒绝一桩好事的,而她绝对是桩绝妙的好事。她笑了笑,想象着那家伙如若知道她连衣裙下面其实一丝不挂脸上该有的表情。她轻柔而性感地吐出烟雾。她的内心很兴奋,但又觉得什么地方不对。那家伙手里有一本书,她用余光瞄到,是一部托马斯·德·昆西①的作品,不过是西班牙语的。这很可能是个问题。自己一句西班牙语也不会说,除了"谢谢"和"拜托"。她觉得若是能听听那家伙用这个奇怪的语言说出所有能说的话,一定会很有意思。好吧,有这么一个猛男在身边,谁会想只说说话呢。她一瞬间闭上了眼睛,暗暗下定决心,如果他愿意,自己要教他的可不仅仅是说英语。她继续抽着烟,巴士继续向前。她隐隐感觉到一丝惧怕和些许迫切的退意。

夜幕在几分钟之内降临了,水牛城已经被远远抛在了身后。他透过车窗,注视着外面的乡村。这样的风景与他童年的记忆大相径庭。如此整齐,如此干净,却少了几分神秘。他用眼角的余光扫向身旁。那个黑皮肤女人,她叫什么名字呢?"琳达"?

---

① 托马斯·德·昆西(1785—1859),英国 19 世纪著名作家。

且带着白人的口音？还是像"玛丽"一样的平淡无奇？或许，如考德威尔①的《烟草路》中的"比莉梅"一般迷人？还是"南希"这样已经在美国烂大街的名字？名字真是门有趣的学问呢！起名可真是有点无端随性的。为什么一张桌子，对所有已经认识它的人来说，就一定要叫"桌子"呢？为什么不是马？书？三角梅？变形金刚？不过怎样命名其实都无所谓，不管怎样，最重要的是事物本身。这个女人很美，是个黑人，是个很美的黑女人，我不知道她的名字。重要的是，我知道她是黑人，很美，还是个女人。也许她叫"贝拉"，或者干脆是"艾拉"，这样的名字美国的黑人也会很喜欢的。比如艾拉·菲茨杰拉德②。又或许，她的名字是西班牙语里的某个代词，这样的名字美国人也很喜欢。好多女人的名字是"米娅"，还有好多叫"乔"。真是愚蠢，他自言自语，这通荒谬的跑题，就是因为不肯承认，自己没有勇气跟她搭讪。

不过她也很有可能是多米尼加人，或者牙买加人（不行，他妈的，牙买加也说英语）。或者是古巴人，但在美国这么年轻的古巴人似乎不多。

巴西人？嗯，也有点难，葡萄牙语他听上去也跟天书似的。她肯定是美国人，从她落座的方式就可以看出，举止中有着一股

---

① 全名欧斯金·考德威尔（1903—1987），美国著名小说家，长篇小说《烟草路》是其重要代表作。
② 艾拉·菲茨杰拉德（1917—1996），美国黑人爵士乐歌手。

傲气,底气很足的样子,虽然是黑人,就像是在说:"嘿,我在这儿呢!"自然而然,她应该察觉了他的窘态,知道他只是不由自主地用眼角的余光偷瞄。那叹为观止的双峰像果冻布丁般晃动着:可不是那种软塌塌注了水的布丁,而是坚硬无比,能够晃倒一切却不失自身的坚固。那种肉感实在是太诱人了。

她把座椅靠背向后调了一些,伸长双腿。身上的迷你连衣裙,又沿着大腿的肌肉向上滑了滑。这是一种邀请啊,我靠,真不害臊,小骚货。她应当知道我在看着她吧,怎么可能不知道呢。她若是故意这么做的,狗娘养的,那真是惹得我浑身燥热。现在他已经没法移开自己的目光了,但仍然还是眼角的余光。那裹着丝袜的腿,一直往上褪的迷你裙,我的天哪,她那个地方该是什么样啊,湿湿的,诱惑着我,挑逗着我。现在我不能再想了,这样的旅途真他妈的难受,我得做点什么。可事实上,他没有办法不想,自己现在就该进入她。可爱的黑妞,看看我能让你爽成什么样吧。而她,仿佛知道他在想什么,回应一般地紧闭双眼把头偏向他的一边,脸上满是愉悦的微笑,像是就要睡着了的样子,似乎在回忆上一次做爱,也许就是几小时之前呢。她又很像一个熟睡的小女孩,心中期待着明天最喜欢的叔叔带自己去动物园。他看着她半张的嘴,双唇完美的线条,那种肉嘟嘟的感觉仿佛是在邀请他入内畅饮,像一颗多汁的梨一般湿润,颜色却宛如鲜嫩的樱桃。

他贪婪地看着她,暗暗发誓,如果她睁开眼睛,一定不躲闪自己的目光。他会冲她微笑,用自己的破英语说上点什么,看看会怎么样。他一边看一边用嘴唇呼吸着,并不住地抹干口水,随后视线滑到了雄伟双峰之间的深谷中,那么庞大那么坚实。他想象着自己爱抚着它们,手必然是握不住的,那光滑一定会从四面溢出来。还有乳头,哦,都从缎面底下突出来了,看上去像是倒立着的蘑菇,那么圆润那么黝黑。当她扇动睫毛,双眼将睁未睁的瞬间,他飞快地移开了自己的目光,自惭形秽,紧紧盯住前座的椅背。他感觉到自己满脸涨得通红,像克莱恩笔下的亨利①在钱斯勒斯维尔战役前一样胆小如鼠。

那家伙看着外面,注视着水牛城的黄昏徐徐落幕。毫无疑问,他是个外国人。没有哪个美国人会如此饶有兴致地盯着乡间风景的。他是哪里人呢?不太像是拉美裔,应该是欧洲人吧。也许是西班牙人,因为手里的那本书。不可能是墨西哥人,也不会是多米尼加人或波多黎各人。真是个可爱的家伙啊。西班牙人也少有这么英俊的,虽然她并不认识多少。不过有一次,她在卡内基音乐厅见过一个矮个子歌手,名字很奇怪,却算得上彬彬有礼。唱得还行,但也没有特别过人之处。是叫拉法埃尔?没

---

① 美国著名作家斯蒂芬·克莱恩的代表作《红色英勇勋章》中的主人公,在战斗中,亨利一方面渴望荣誉,另一方面又惧怕死亡。

错,卡蒂很喜欢他,但她一直不太懂卡蒂的品味。光门票就花了她十二美元,自己永远不会原谅她的。她看了看一边的男人。他有多大了?她笑了,闭上眼睛,伸直双腿,像猫一般性感。向后拗一拗肩膀,伸展一下,她知道这样的动作会给那人造成什么样的效果,因为胸部会扩得更宽,胸前的绸缎在乳房的压力下撑开,闪着半透明的光。她脸上维持着似笑非笑的表情,心想这是男人最好的年纪,却也是最烦人的年纪。很多人会在这个时候开始不举,变得绝望,也会发现自己已不是十年前的那匹种马了。他们会担心自己四十岁以后除了撒尿什么也干不了,童年时内心深处不寻常的恐惧会排山倒海一般卷土重来。男人们真是奇特的生物啊,她有些想笑。那家伙会不会知道她在想些什么呢?

她很兴奋,又有些害怕。女人们总以为,只有自己才会害怕,她这样想。男人们是坚强的一方,意味着安全感,而我们女人总是有着不确定性,是脆弱的一方。真的是这样吗?告诉我吧,小哥哥。唉,这个可口的家伙。他会不会跟我说什么?我要答话吗?他的嘴真可爱。她微微睁开双眼,忽然开始想象他的那东西。他高大、强壮,很可能是个花花公子。但看起来不像。

他身上的什么东西让她惧怕。他到底——她不停地这样问自己——在床上会是什么样子的?还有他的那东西呢?很多时候,男人们完完全全地让人失望:那东西太小,也不说句宽慰的话;要是硬不起来也不提前说;或者明明像木头一样硬却不会用。另外,他们还缺乏想象力,跟大部分女人一样。她自语道,这才是最严重的,缺乏想象力。她舔了舔自己的嘴唇。干吗挑逗他呢?为什么会因为挑逗而兴奋,如果她同样也害怕?每次有男人接近她,她都会有这种美好而愉悦的感受,得以证明自己的魅力,又同时心生恐惧,并不清楚自己是在怕什么,却像一个跟爸爸妈妈走散的小女孩一般。啊,若是那家伙此时此刻看她一眼,看到她双眼紧闭、舌头舔过嘴唇,哈!一定会因此疯狂的。

毫无疑问,他考虑过如何开始聊天。会跟她说什么呢?男人们总觉得自己的开场白独一无二,而实际上都是同一套。所有的,都别无二致。女人们只有在对男方感兴趣的时候,才会顺着话头说下去,但也都是同一套。男人们会展开微笑,不把舌头露出来,跟小动物一模一样——生硬笨拙、毫无悬念、尽迷人之能事。而拥有力量或是头脑发热时,也会变得强大而危险,一般情况总是这样。

于是她想,干脆直视他的眼睛吧。什么都不说,也没有必要说,只是给他一个凝视,似笑非笑,就把目光垂下。这样就够了,他便会知道,游戏可以开始了。之后她会随着他玩下去。但她决定,先扇动睫毛,若是他此刻正盯着她看,就算是个提示,也是个诱惑。如果他用目光回应她,自己就会开口说话的。天哪,为了那家伙,值得了。

随后她睁开双眼,寻找男人的目光,却发现他正以一种怪异的全神贯注,紧盯着前座的椅背。她心中不禁充满了挫败感。

有好一会儿,他狠狠地责备自己的恐惧与怯懦。他决定不再做蠢事,比如打开阅读灯,装着翻开手中的书。突然间,昆西成了全球文学史上最无趣的作家。他点上了另一支烟,又偷偷地瞄了一眼身边的女人。她是在等待自己先开口吗?我他妈能跟她说什么呢,用这在餐馆点菜刚刚够不饿死自己的英语?为什么他没好好学外语呢?还是他根本不知道,在这个世界飞速发展的新时代里,不说英语简直就是寸步难行?他也应当意识到,自己的障碍不仅仅是语言,还有内心的恐惧。他是个胆小鬼,一个令人厌恶的东西,喜欢对觉得软弱的女人下手,而眼前这妞,对他来说,简直是二次世界大战中的战舰,全副武装,比拉蔻儿·薇芝①还要强大,他没有勇气。自己真是弱爆了。

他甚至感到自己既无趣又卑鄙,因为他只敢用眼角的余光偷瞄她,像个十几岁的窥视狂盯着晾衣绳上的内裤、想象着其中的内容手淫一样。他用力闭上眼睛,吸完了手中的烟,生着闷气,心中惶惶不安,几乎认定这是一场败仗了。但是,为什么呢?

---

① 拉蔻儿·薇芝(1940—),美国女演员,20世纪60年代成名。外形艳丽,身材火辣,塑造了一系列除了拥有美丽外表,内心和能力也无比强大的女性银幕角色。

自己的那东西像钢铁铸成的碑一般,也很懂得如何处理这样的女人,把她放倒,这里亲吻一下,那里爱抚一下,再这样做一点,哦,他不禁想象出了一切,看着她赤身裸体,被那地方无可比拟的光泽闪得眼花缭乱(应该是这样的吧),她那深邃的地方,黝黑,垂直,像当季的桃子那般多汁……他一边幻想,一边愈加坐立不安,甚至心中隐隐作痛,因为他意识到,那雄伟的双乳、黝黑发亮仿佛刚在椰子油中沐浴过的肌肤、两条高挺的平行方尖碑一般的双腿,都不是属于他的。

他开始头疼。闭上眼睛,他对自己说,还是睡觉吧。凌晨时分,就到纽约了。

有好一会儿,她都在等待那男人向她开口,但她最终意识到,这是不会发生的了。是他不喜欢她吗? 不会的,不可能。瞧他盯着她的那个样子。见鬼了,他明明是偷偷瞄了她的。但她也发现了他的低落。他为什么不跟她说点什么呢? 为什么他不递上火? 就是现在,她正要点燃另一支烟? 难道,是同性恋吗? 哎呀,真是不像啊。不可能的,她好几次看到了他眼中闪烁的欲望。每次她胸部随便做出什么动作时,他都要特别努力,才能抑制住马上就要流出来的口水。

她浑身滚烫,尽管正在穿越积雪的乡间和冰冷的夜晚,她抑制不住自己的冲动。她多么想、多么想,这匹野马现在就骑到自己的身上来。这绝对是一匹种马啊！那团东西在牛仔裤下面呼之欲出。她想到了俄克拉何马州农场里的种马，看起来很安静地在吃草，与世无争的样子，黑色的管子就像穗子一样挂在那。最好换个话题吧。还是不行。或许，那家伙正在给自己鼓劲，积攒力量。他在想什么啊？也可能，是自己吓着他了？也许是自己太主动了，对方打了退堂鼓？有时候女人身上会发生这种事，她自语道，我们会把男人吓坏。又或许，他是个恶心的种族歧视者？是个瞧不起黑皮肤女人的猪头？即使我的乳房这么坚挺，全身的线条让他那地方变硬？他会是个肮脏的猪头、种族歧视者、娘娘腔吗？

不会的，他在读西班牙语。应该是个拉丁美洲人，西语美洲人，这些人歧视的也是自己国家的印第安人啊。那些国家几乎没有黑人，卡蒂是这么说的，正相反，那些人都恨不得有一天能跟一个黑女人做一回呢。哈，卡蒂说过的话可不少。但是，不管怎样，那家伙还是个外国人。我甚至注意到，他一直在偷看我，再假装闭上眼睛，就像现在这样。真是搞不明白，这个笨蛋，不知道自己都错过了什么。但自己不也是一样吗？她自问，她也错过了那匹种马，上帝啊，那我干吗不跟他说点什么呢？我，就不能先开口吗？不，还是算了，也许他，没错就是个肮脏的猪头、种族歧视者、娘娘腔。他先说话，要不就永远保持沉默吧。他妈的，若是个黑人，我们现在已经粘在彼此身上了。她笑了出来，

有些不安,有些激动,想到夜晚还有那么长,又是掩饰不住的失
落。在长途巴士上,睡在一匹标准的种马旁边,却什么都不能
做,真是一点也不好玩。早上六点半,纽约就到了。真是浪费。

不知道具体是几点,但从巴士的颠簸声判断,他们应该已经
在纽约州了。连手表也不必看:车厢内的暖气开到了最大,现在
搂着那个女人,他的感觉美妙极了。时机恰到好处:他们在车厢
最后一排的座位相遇,那里刚好是空的,在小小的卫生间旁边。
他们在那里偶遇,相视而笑。他,在拐弯的时候,不小心绊倒在
了她的身上,她也没有抵抗,两个人就那样保持着拥抱的姿势,
开始了。现在,她正舔着他的右耳,低语着"爸爸,爸爸……",他
抚摸着她的胸,我的天哪,他说,我从来没摸过这样的。更难以
置信的是,她整个身体是半裸的,乳头都露在了领口外面,迷你
裙整个掀了起来,双腿大开,横跨在他身上。

不知道为什么,她认为当时是凌晨一点。一点,一号,代表
阳具的数字,就像现在插入自己体内的那个。天哪,真的是太喜
欢了。种马已经脱去了上衣,胸脯上那么多毛,跟自己想象的一
样。她将手指插进那纠缠的体毛,粗暴地抚弄他的乳头,后者做
出回应,兴奋地用西班牙语说着"拜托,拜托",俩人不顾一切地
陷入彼此的身体,一起到达了如原子弹爆炸般的共同高潮。这
个拉美人是个梦想中的男人,美妙至极,温柔又粗暴,像所有钟

爱女人的男人们一样。我的天哪,她说,那东西那么伟岸,那么坚硬,像铁铸的粗棍一样,他一次又一次地给她,他给她她要的,她也给他他要的,当然要给他,这个令人难忘的夜晚,给他想要的一切都不过分。

两个人在灰狗巴士驶入林肯隧道时醒来了,一阵空洞的声音盖住了规律的颠簸。巴士开始进入哈得孙河下方的瞬间,气压一下子改变了,隧道中的灯光制造出一种无所遁形的氛围,仿佛他们身处一个模糊不清的时空,或许是昨天,或许从未有过,或许是明天,或许是永远,抑或是早晨、午后、傍晚……他们几乎是一下子清醒了过来,诧异而睡眼惺忪地发现,两人十指交扣:他的右手握着她的左手。他们看着两只手构成的形状,不对称,却很美,像是黑巧克力和白巧克力融合在了一起。两个人都飞快地松开了,因为有些头晕目眩。他讽刺地想到,那个形象美丽而短暂;而她短暂地想到,那个形象美丽而讽刺。

即便没有四目相对,也不想看时间,两人知道,彼此都在微笑。他的低落已经过去了,也不再害怕自己的鲁莽激怒对方;她的欲望已经平息了,也不再为他昨晚的毫无举动而失望。到达四十二街的车站时,没有对视,也没有让对方知道,但两人都在沉默中告诉自己,这不过是一个美丽的梦境,我的天哪,真是个美梦。直到他们离开座位,走下大巴,连声招呼都没有打。两个人都带着些许的失望，又对一同做过的、共度的美梦无比眷恋，各自走上了不同的方向。迎接他们的是纽约冰冷的清晨，天空中雪花缓慢、单调而冷淡地飘落。

那家伙

——缅怀奥斯瓦尔多·索里阿诺

走出巴黎咖啡厅①时，他感觉到夜晚的冷空气劈面而来，仿佛一根鞭子抽在脸上。他知道那家伙就在那里，矗立在地铁入口旁边，等待着他。从自己几小时前离开报社的时候，那家伙就跟在后面了。那是个高个子男人，肩膀宽厚，面孔像是批量生产的，以免引起特别的注意。但那冷峻、阴郁而严酷的表情，毫无争议会引发恐惧。他穿着黑色的风衣，尺寸有些大，几乎盖到了脚踝。他看似正盯着一扇玻璃窗，却刻意得宛如一头大象在纪念碑旁溜达一般。

科连特斯大道看上去像一只闪闪发亮又郁郁寡欢的蜥蜴，一个不疼不痒的笑话。几辆出租车乏味地挪动着，在拉巴斯餐厅打工的男孩子们卷起裤脚清洗着路面，挑战着零度以下的低温。永久不眠的街道困倦得要死。那个周一凌晨的四点钟，他

---

① 巴黎咖啡厅是阿根廷首都布宜诺斯艾利斯著名的老字号，供应咖啡、茶以及酒精饮料。

认出那家伙的时候,只是耸了耸肩膀,心情意外地平静。他迈动脚步,心想,自己是喝多了,真他妈的——葡萄酒、咖啡、威士忌混在一块喝,现在整个胃里翻江倒海,再加上那该死的溃疡。

已经在这见鬼的冷天里游荡了八个小时,他知道自己快要到达极限了。他肢体的忍耐力像个旧气球一样,越缩越瘪。才刚过三十岁生日,他的头发竟然已经掉了一半。他每天要花两个小时才能入睡。他厌倦了新闻行业,厌倦了晚上总见的那几个朋友,厌倦了自己的孤僻,也厌倦了总被当怪胎看待,还是个一天天愈加可悲、愈加难以容忍的怪胎。

那篇简讯给他带来了大麻烦。没人逼他署名,但那股想要痛击一个大人物的欲望实在是按捺不住。他心知肚明,这份工作要承担的风险,与报社那只够温饱的薪水相比,简直荒谬得过分了。但有些事就是这样,那天中午的电话就是后果,他被告知,自己即将付出高昂的代价。

所以,他很清楚,危险正在逼近。与有些狠角色,是不得儿戏的。可他还是发表了一些危险的言论,提出了几项别有用心的指控。没错,老头,我知道,可我写的都是真的,那个勾当我调查了一个礼拜,他如此向社长解释,对方像个心满意足的妓女一般微笑着听他说,必须把这一切都讲出来,全都讲出来,我们不能保持沉默。咨询了法律顾问后,社长点了头,那就登吧,十六个版面,封底的位置。于是他把自己知道的都写下来,发在了晨间版上。中午社长就被部里召去问话了,去的时候脸色难看得像个睡眠不足的妓女,真希望你当时能够看到;同时,一个冰冷、空洞、近在咫尺的声音向他发出了威胁,可他一点没被吓到,只是挂上了听筒,去喝了一杯咖啡,独自一人,跟谁也没说话。后来他几乎忘了这档子事,固执地对同事们的问话不理不睬,直到晚上离开报社,都没看到那家伙跟在自己身后。

他是在吃晚饭的时候注意到那家伙的,这人面熟得很啊,他自语道,几乎要站起来打招呼了。就是在那个瞬间,他意识到,原来自己曾在咖啡馆里和报社门口见过对方,后来又在巴黎咖啡厅的前台、地铁入口边见到了。此时此刻,那家伙毫无疑问就在科连特斯大道上尾随着自己,而此刻的他正回忆着自己写过的一系列危机四伏、勇于担当的报刊简讯。他写得很顺,文笔辛辣,满载着对世界的不屑,还有某种在其心底不断成长的倦怠感——有些朋友对此很是钦佩,因为这种倦怠感赋予了他铁血硬汉的光环。可没有一篇像这一次写的这么操蛋,我可以发誓,没有一篇像这一篇一样充满坏水。

他走得很慢,在地砖上踩出各种曲线,有些摇摇晃晃的。他想,离自己的公寓还差二十条街左右。知道自己剩下的时间不多了,也许倒计时已经启动,他却依然保持着足够的冷静和从容,肾上腺素并没有像上次看牙医时那样急剧飙升。那回他被恐惧和疼痛折磨得歇斯底里。医生,我再也忍不住了,把这该死的牙拔了吧。麻药打下去之后,他感受到了一种美妙的解脱。直到药效过了,他才发现被拔掉的牙并不是一直疼的那颗,而是它旁边的。真他妈的,又是一个不眠之夜,乌云压顶。

虽然喝了很多,他的头脑还是清醒的。但这也许源于他的强势,他是个货真价实的硬汉,并总是引以为傲。因此,他必然有临危不乱的本事。即使自己并非罪有应得,他也没太担心那个跟在身后的家伙。最终死于一粒精准的子弹之下,就好像一次顺利的分娩,噗的一声,就完事了。只不过代替婴儿啼哭的,是自己的心脏停止跳动。因此他期待,那家伙至少有个好枪法。

他一边做了个更像是苦笑的鬼脸,一边想道,世界上又少了一个无政府主义者。并非因为他是无政府主义者,而是因为,说到底,一个国家乃至整个世界会发生什么,他一丁点都不在乎,他只以自己的方式信仰着某种若隐若现的自然秩序,对此他从未停止过想象。他是一个对政府腐败持批判态度的见证人,没有浪费痛斥其代表者的机会,仅此而已,某种孤单的、道德的、刻板的无政府主义者。在内心深处,他早就放弃了在咖啡桌上改变世界的那种属于知识分子的激情。他的快乐清单里都是一些极其物质的享受,譬如每天抽两包烟,喝各种酒精饮料,认命地欣赏那些带着无辜的放荡,无拘无束地漫步在布宜诺斯艾利斯街头的金发、高挑、骨感的尤物们。他对其他任何东西都不感兴趣。从某种意义上来说,他觉得自己是一个潜伏在人类中的间谍,一个对一切——哪怕是自己——都失去了兴趣的存在。

也许正因如此,跟着他的那家伙一点都不令他担忧。他刚刚好在身后半个街区的地方。他想了想,也许这一切都是自己的幻觉,他迷失在了自己变形的恐惧之中。但他又记起了中午的电话,还有两次与那家伙的四目相对,那冰冷、警惕又轻蔑的目光,不会有错的。那双眼睛看上去就充满了罪恶,让人不寒而栗。绝对不是幻觉。那家伙一定是在等待自己到家,才会开始行动。他估摸着,那些人一定付了他不少钱,因此必须干得漂亮。也许,他是专业的。或者只是一个执行特殊任务的保镖。但结果都是一样的,那家伙看上去五大三粗,光看看那宽肩膀、长胳膊和柜子一样的后背,他妈的,肯定像块木头一样冷血。又或许,那家伙欠某个二等官员人情,比如把他老婆安排在部里工作了。很合理,不管是以上哪种假设,那家伙的举动都是有理由的,他会毫不犹豫地杀掉自己。他们彼此并不认识,自己对那家伙来说完全没有一点意义,即将发生的仅仅是,城中少了一个居民,连人口普查都不会注意到的。那家伙会由此摆脱一笔金钱债,或是人情债,完成任务之后睡上一个好觉,为准确高效地搞定一切而自豪,无可指责。所以我被干掉还算是有些意义的,他笑了,挺好,狗娘养的。

当然,他可以拦下一个在城中勤恳巡逻的巡警。这座城市就跟美国电影里那些战后的意大利村庄一样,在那里,军警们乘着军用吉普、嚼着口香糖走上街头,在场村妇们发出惊叹,向他们问好,欢庆胜利的到来,还有巧克力,以及香烟。他也可以走进某家酒吧,用无线电报警,风险是死在酒吧里面,因为部里高官们可能施加的影响(当一个人知道自己有生命危险时,总有自救的方法,至少可以一试,但前提是感到害怕,有求生的勇气和意愿,缺一不可,但他的情况却并非如此)。然而,穿过卡亚俄路的刹那,他得出了结论——做什么都没有用,如果我已经被盯上,就逃不过这一劫。即使今夜成功甩掉了那家伙,明天还会有另一个等在路上。他人生之路唯一的结局,似乎就是迎受这小小的、致命的炽热一击。

于是他过早地生出了怀旧的思绪。他想,自己的各种习惯也就这么被抛下了(人们说,习惯总是伴随着人,却并非与人共存亡)。今后再也没有每个凌晨在公寓里抽着烟渐渐睡着的两个小时了。他的床再也见不到他喝醉后在房间中央扯下衣服,把外套扔在地板上,衬衣丢进浴室,鞋子随便摔在什么奇怪的地方、很可能第二天就找不到的样子了。领带也不会再被丢在厨房里,打的结都不曾解开,就那么跟抹布挂在一起。再也不会有报纸从门底下塞进来,也不再有阿司匹林片来缓解午后来势汹汹的头疼。他也不再会头发蓬乱地醒来,嘴巴里满是难以形容的味道。什么都不会有了,他自顾自说道,突然间悲从中来。这个混蛋干掉我之后，什么都不会再有了。

他在科尔多瓦路上拐了弯，想道，报社的人应该会把一枝花插在瓶里，摆在他的办公桌上，直到它枯萎，或是有新编辑来占空位子。他们会刊登一则修订六次的凶案报道，在这篇社论中"抨击令人发指的罪行"，其中一位同事会在小小的豆腐块里追忆他的品格。他不由得琢磨，谁会愿意为他写上两句话呢？自然会是些悦耳动听的好话吧：专业知识出众，人见人爱，鬼话连篇；所有曾与他相识并打过交道的人，都会盛赞他是杰出的编辑，鬼话连篇；一位才华横溢的专栏记者被残忍地谋杀了，他探求真相，不愿放弃自己的原则，报社的领导们将会不惜一切代价将罪犯绳之以法，鬼话连篇；陈词滥调、东拉西扯、胡言乱语，会从谄媚的轮值社长或者社长本人笔下诞生，后者将会一整个星期都挂着那张情绪激动且深感同情的妓女的面孔，郑重其事却又愚蠢透顶地谈论他的死亡，或许还会口不择言地援引某篇矫揉造作的心理学论文，宣称这其实是某种形式的自杀，或许还会这样写道：疑问越积越多，无穷无尽，他为什么不通知报社的同事？为什么不反抗？这个伪君子或许还会问：明明知道对方完全不可撼动，也知道随之而来的风险有多高多可怕，他为什么还敢以卵击石？

而最可笑的是，他曾经数次想到过自杀，又放弃了。因为这样的念头太庸俗、过时且懦弱。特别是懦弱，因为他是个崇拜勇士的人。比如连环画中的米斯特力克斯①,是多么勇敢啊。他妈的,自己小的时候,从未落下过一集呢。后来他彻底抛弃了曾经有过的自杀念头,不知道一个人为什么要结束自己的生命,反正总有一天,生命必将自己到达终点,反抗都没有用的,那一天生命就是在自我了结啊。自然死亡与自杀之间,只有着一点字面上的区别。说到底,死亡是一个我们每天都要面对的事实。孤独还有压力太大之类的借口都是扯淡,最好的例子就是菲利普·马洛②。全世界没有人比马洛更孤独了,他会自杀吗?当然不会,多么可笑的想法,他永远不会自杀。孤独也一样需要勇气,他对自己说,即使是对自己的命运再无所谓的人,也没有理由去自杀。

那家伙依然跟在身后,一点也错不了。他每走出一步,那家伙就会跟上一步。如果他加快速度,那家伙也跟着加速。如果他在橱窗前停下来,那家伙就会盯着三十米开外的另一个橱窗看。不可否认的是,他在很认真地工作着,没怎么偷懒,有那么一点点不屑一顾,胸有成竹的样子,毫不怀疑自己能顺利达到目标,干净利落。跑也没用,反抗也没用,况且,妄图改变不可避免

---

① 米斯特力克斯是 20 世纪中期一部连载漫画中的主角,是一位无所不能的超级英雄,他的故事曾在漫画杂志上连载十余载和近千期,当时风靡阿根廷全国。
② 20 世纪初美国著名侦探推理作家雷蒙德·钱德勒笔下的人物,是一名性情冷硬的私家侦探。

那家伙

的命运有什么意义呢？不管离死亡有多近，他都决定不改变自己的习惯。他会沿着自己每天凌晨回家时的同一条路线走，像一直以来那样不紧不慢地推开门，醉醺醺、脚步踉跄地走上楼梯。如果那家伙想跟着他，那就请便吧。是想此时此地就杀掉他，在阿奎罗路和科尔多瓦路的交叉口，还是干脆选在自己公寓楼的门口，这都是那家伙的事了，自己无论如何也不会因多愁善感而折腰。这个晚上，毫无疑问，是他的最后一夜。他自然有些伤感，但既然是最后一夜了，也就没必要再做什么改变。

他已经快到了。再走几米，就要离开科尔多瓦路，拐上马里奥·布拉沃路，要在昏暗中走四个街区。那里阴影攒动，就差蹦出一个杰基尔博士①想象出来的恶魔了。那家伙依然在不紧不慢地跟着他，也许还期待着能得到双倍报酬，因为任务将完成得干净漂亮，没有轻举妄动。他甚至矛盾地相信，自己是他的同谋，而不是被害者，因为自己没有跑，没有喊救命，也没有找任何麻烦，给他完成任务提供了方便，在死亡面前也没有失了身份。不知道那家伙是否在意自己的态度，有没有想过，如果不得不狂奔追他，远距离开枪射击一个移动的目标，还可能打不中，之后还得躲警察，藏在某个隐蔽的地方不能出来，这一切该是如何的

---

① 英国作家罗伯特·史蒂文森(1850—1894)著名小说《化身博士》中具有双重性格的人物，一个服用自己调配的药剂而导致分裂出邪恶人格"海德"的医生。

令人生厌啊。不，他行事光明正大，一切都一清二楚：他写了一篇有关某个重要人物做的肮脏勾当的文字，这个人物雇了那家伙来干掉他。那家伙会一粒子弹结果他的性命，那子弹有可能从任何一边射入，不再出来。滚烫而精准，嵌入他的身体里，那一刻他会仰面朝天，轰然倒地。

所以，他能做的，只是让一切按计划好的简单方式发生，让那家伙如约完成任务，领到报酬，再把整件事抛诸脑后。

他走到了最后一个街区，脉搏并未加速。他没有去控制自己的情绪，也没有往后看，因为他还不想邀请那家伙瞬间击毙自己。他算是了解这种行当的，也清楚他们的行规，每个活计都得按次序有条不紊地进行。

他打开楼门，走了进去，关上门后，他自欺欺人地听了一会儿街上的噪音。穿过走廊，他开始爬楼梯，纳闷为什么到现在那家伙还不开枪。好吧，他说道，总是有他的道理的，我猜也无益。他把钥匙插进锁眼，打开门，点亮灯，看着杂乱无章的公寓，自己这亲爱的杂乱无章也即将形单影只了，但它们总有办法的。如此想着，他竟然有些兴奋，又突然有些紧张，像个系上领带的嬉皮士一般无所适从。他走向冰箱，拿出一罐啤酒，灌了一大口下去，几乎有半罐，感觉五脏六腑都凉透了。真是讽刺，他想道，在这个冬天最冷的一个夜晚，手里抓着一罐冰啤酒，估计子弹们会把我煎熟的。

他走进卧室,随手脱下身上的衣服,胡乱丢在地板上。注意到内裤松紧带坏掉了的那个瞬间,他听到了楼梯上的脚步声。他点燃了一支烟,抑止不住地一阵发抖,还不必要地咳了两声。随后,门铃声响了起来。

他不由自主地做了个鬼脸,喝光了易拉罐里的啤酒,向门口走去。拉开门,映入眼帘的第一样东西就是一支装好了消音器的手枪。也是最后一样东西了。

苦橘子果酱

按照佩特罗纳太太的配方调制苦橘子果酱时,米尔塔说,她前夫的死本该是一种解脱,而事实却并非如此。愿他安息,她总结道,但豪尔赫真是个狗娘养的,真是个狗娘养的……

她切开每一个橘瓣,将其分开,果肉放在旁边的托盘上,籽则盛在一个小碗里,白糖的包装尚未打开,天平抓在手上。她忙活的时候,手上的一切尽在掌握,从容不迫。她对我说,他死了好几年了,得有十年,但那时候他们几乎就已经不见面了,离了婚三年左右。我都是从孩子们那里听说的,她还说,他的肺气肿严重到能够杀死一头大象。

有一天早晨,我在佛罗里达路和科尔多瓦路的交叉口跟她巧遇。我们一起坐下喝了杯咖啡。二十年前,我们曾经是连襟。但我早就和她的姐妹分开了,之后再也没见过面。三年在丹佛,五年在基多①,就算见过你,我也想不起来了。米尔塔从我的生活甚至记忆里消失了,就像她那个可恶的姐妹一样。但现在我们重新相遇,一切都很和谐,像是旧日的亲情突然奇迹般地复活了,我们年轻时共同的回忆随之而来。我们坐在"佛罗里达花园"里喝着咖啡,快速地互通近况,就像人们说的那样,顾左右而言他,问起她的孩子们时,我估算着马里托现在应该有二十五岁了,佩利克雷斯该有二十二岁。完全没错,她说,你记性真好。我心想记性好也没有什么用啊,却什么都没说。告别的时候,她邀请我星期日到她位于克雷斯波别墅区的家中喝马黛茶,于是我们现在就到了这里。

我带来了黑糖黄油饼干,印象中家族聚会上常吃这个。此时此刻,眼看着她在厨房里忙活,厨房尽头的阳台,正对着街区中心,我嘴里嚼着苦涩的饼干,不停地问自己到底来这里做什么。

米尔塔用海绵和清洁剂刷洗着橘子。刮皮、过水再用洗碗巾一个个擦干后,她说,现在已经好一些了,重音落在"现在"上,意思是过去一点也不好。我问她这个"现在"从什么时候算起,之前发生了什么。她说一切都太艰难了,还是别跟你讲了。随后她转过话头,说苦橘子酱是最难做的一种果酱。我没出声,她又切开了一个橘子,说道,豪尔赫刚死没多久,人们就发现他曾经有过一个私生女,他也认下了,这个狗娘养的,还让她随了他的姓,你想想吧,而我在这之前一丁点都没有怀疑过他。

---

① 丹佛是美国中部城市,基多是厄瓜多尔首都,表明故事的讲述者曾经在多地流亡,数年未回故乡阿根廷。

现在米尔塔正透过窗子望着街外,继续说着:我从来、从来都没往那方面想过,我知道豪尔赫结婚前就是猎艳高手,但我怎么可能想得到,他是这样一个狗娘养的,竟在外面生孩子。

她切开最后一瓣橘子,把刀放在一边,动静很大地吸着气,仿佛是为了把眼泪憋住。她不假思索地说:我简直就是个笨蛋,该怎么跟你说呢?这么说吧,简直蠢得要命,我竟然对他没有过一丝怀疑。

一束强烈的阳光停在了窗框上,锦葵显得快乐而美丽,看上去更红了。

当然,我很快就从打击中恢复了,因为那时候他已经不再是我的丈夫。除了儿子们,我什么都不在乎了。事实上,他俩也都很自然地接受了这件事,好像也没太在意,日子就继续过下去了。就这样,没错,他死后又过了三四年,佩利克雷斯开始读大学,马里托一直不想读书,跟两个朋友合伙开了家比萨店,我继续在佛罗里达区的那家店铺工作,已经在那儿干了一辈子了。直到有一天,马里托突然在脸书上发现了那个小妮子——她跟佩利克雷斯同龄,连生日都在同一个月。如果豪尔赫确实是个狗娘养的,再次愿他安息,老天,我真希望他在棺材里不得安宁。

我发现米尔塔一旦把洗碗巾和橘子摆在一边,就完全没法停下来。她毫无顾忌地擤着鼻涕,坐在桌旁,看着我,怎么也挤不出笑容来。用断断续续的声音,她跟我讲,那姑娘有一天出现

苦橘子果酱

了。你敢相信吗？她就那么来了，自报家门，那个小妮子，还号称想了解她的爸爸、她的哥哥们，了解我们所有人……我差点被她气晕了，用尽最后一点力气把门摔在了她脸上。但那天晚上，马里托竟然来质问我，我气疯了，你想象一下，我直接说我们没有一丝一毫搭理她的理由，她想走进这个家得先等我死了，连坟墓里的豪尔赫也没有权利要求我们做这样荒唐的事。这个女孩根本不算我们家的亲戚，你们谁也别想着带她来。但这两个小子，你猜怎么着？我当时就看出来他们的态度完全不同。佩利克雷斯说，别闹了老妈，别闹了；马里托说，安静点妈妈，安静，不管怎样她都是我们的妹妹，行了。我怎么也不敢相信，生出这两个混账东西的贱人，竟然就是我自己。

米尔塔上气不接下气，精疲力竭，站起身来继续做果酱。我依旧保持沉默，看着她把果肉跟水、糖和去了籽的果汁搅拌在一起。与此同时，我换了茶叶，又煮上一壶新水，水开之后问她是否需要留着炉子上的火，她回答不用，苦橘子果酱是要等一天才能做好的，必须把混合好的原料静置一整天待其入味，到第二天再开始熬煮。

我坐下来，递给她新沏的马黛茶，自己咬着一块黑糖饼干，继续沉默着。她也很安静，却只保持了几秒钟。她吸干了最后一滴茶水，像捏魔法石一样紧捏着马黛茶杯，微微摇了摇头，那样子就像一个不肯接受自己已然溃败的人。

"可他们最后说服我了。"她承认,声音很低沉,"我还是见了她。"

我们两人共同维持着晨间的寂静,我在心中默默祈祷:电话不要响,邻居不要敲门,世界上的任何东西都别掉下来。两个孩子帮我约了在酒吧见面,米尔塔往下说道,不知道为什么,他们会选择一个酒吧,在繁华的市中心。我本不想去的,发了疯我也不去,我这样跟他们说。但是好吧,最终马里托去店里接上我,我们三个人碰面了……分毫不差,那就是豪尔赫的脸,我确实惊呆了。之前我已经在脸书上看过她的照片,是她爸的脸,那可怜的孩子,但当她就站在眼前的时候还是……你大概能想象出我的震惊吧? 当然,我立刻告诉自己,这孩子可怜,豪尔赫是个狗娘养的,虽说她还有个母亲,可这孩子哪儿都像极了他……

米尔塔朝外面看去,双眼哭得红肿,随后看看自己的手,又突然紧盯住我。那确实是一场令人心弦紧绷的对话。我们都尽量表现得礼貌,想也知道,刚开始仨人无比生硬,但过了一会儿,两个孩子开始聊起轻松些的话题,比如喜欢的音乐、学习和工作、手机、电影之类的种种,一切都自然多了,我像个淑女一般坐了下来,心里还是很不舒服。就好像你买了鞋子,却发觉它们小了,即使不愿意承认,但心里清楚那是因为自己的脚上长了老茧。当然,我什么都没问,不管是关于豪尔赫还是关于她母亲。我绝不会问,死都不会。不过,我也承认,其实我别提多想知道

苦橘子果酱

那个贱人到底是谁了，但我的嘴巴，一个字都没有问。

她用纸巾擤着鼻子，发出很大的声音，又用双手遮住面颊，揉揉眼睛。

"结果怎么样，米尔塔？还好吧？"

"过了一会儿，我说自己得回店里去了，站起身来。我亲了他们俩一下作为告别，包括那个小妮子——我妈总说，什么时候都不能丢了教养——就走出了酒吧，从头到脚都在颤抖。我不想再见她了，我不愿意，那感觉太难受了……"米尔塔爆发出的已经不是啜泣，而更像是哭叫，撕心裂肺，长久不息。

米尔塔一边哭一边喘气，她用洗碗巾大声擤着鼻涕，嗓音越来越尖。她看着我，仿佛是在感谢我听了她的倾诉，我就是一个用来分担她无法独自承受的伤痛的对象。随后，她深吸一口气，又吸了吸鼻子，调整了下自己，接着说，马里托之后又见过她，有好几次，我也不知道具体多少次，他自己告诉我的，而我已经料到，我心中已经料到他们哥俩会再见豪尔赫琳娜——瞧这小杂种的名字，豪尔赫那个狗娘养的，连取名字都要恶心我一下……反正他们又约着见了好几次，据我所知有时候是两个人，有时候三个人一起，直到有一天我跟他们提出，别再跟我讲这些了，因为我没有兴趣知道关于这个姑娘的任何事，听到我就难受，拜托别再来烦我了。

米尔塔放声大哭了起来，她让我抱抱她，趴在我肩头哭了好半天，我也不知道过了多久。洗碗巾已经湿透了，她开始用厨房纸，差不多平静下来以后，她对我说：

"好吧，你应该猜得出来，后面发生了什么事。"

"不，我猜不出来。"我回答，"发生了什么？"

她直直地盯着我的眼睛，跟见到了鬼似的。他们搞到了一起，成了一对！她对我说，声音如同一阵尖利的号叫，同时继续紧盯着我的双眼。你明白这意味着什么吗？现在都住到一起了，我不知道怎么办，她语无伦次，像个话还说不好的婴儿，我不知道怎么办，我发誓，因为那是我儿子，我爱他，可这个可恶的小贱人，你想象一下……

我能想象，真的，我对她这样说，因为我觉得此刻自己必须说点什么。显而易见，这日子真是一团乱麻。但我随即问了一句，我觉得对我来说这是个重要的问题：可你告诉我，米尔塔，他们很快乐，对不对？这才是最重要的。

米尔塔看着我，眼中刹那间充满了深深的敌意。

对我来说不重要，她说。她不再哭了，似乎平静了下来。接着两个人都陷入了沉默。最后她还是开了口，语气生硬得像块石板：如果你愿意，我可以撒谎，但事实就是，那对我来说一丁点都他妈的不重要。

我吸了一口马黛茶，明知茶水已经凉掉了，但还是咽了下去。

苦橘子果酱

米尔塔看着我,我能感觉到她目光冷峻,钢铁一般,仿佛在懊悔不该告诉我这一切。

"那现在呢?"

"现在就差有一天,这两个家伙突然跟我说,我要跟豪尔赫以及那个不要脸的荡妇一起当上奶奶了。你以为我会意识不到,自己的处境将会有多糟糕吗?"

妈的,我想着,缓缓站起身来,走向窗口,向外望去,外面是七月阳光灿烂的美丽午后。

现在你想走就走吧,米尔塔说。她的声音变得坚硬,我意识到,她不是在客气,而是真想让我走。

好吧,我得走了,我像是在自言自语。

她也站了起来,生硬却又无助,打开冰箱,送给我一罐苦橘子果酱。是上星期做好的,她说,今年的收成似乎特别好。

我谢过她,与她拥抱道别,我真想多抱她一会儿,但米尔塔很快就放开了手。

行至楼梯平台,她关了门,传入我耳中的,是她最后一次撕心裂肺的哭声。我走下楼梯。

柯格兰车站

　　我的朋友路易斯·德尔加多跟我一样，一直想要及时地死去。现在的他，正期待着我来结束他的生命。每天下午他都求我帮他。他已经说不了话了，但我知道他在求我杀掉他，那双眼睛里满是恳求。

　　我的朋友想要去死，也需要去死。他全身瘫痪，已经在轮椅上度过了三年，我眼看着他一天不如一天，越来越抑郁和消沉。

　　他以前很喜欢火车，曾经是个身强力壮的家伙。话说人们总喜欢拿粗壮的树木跟强壮的男人相比，"橡树一样壮"，有人这样说，或者"树干一般结实"。这样的身体赞扬方式，在心脏病发作，或者甚至一个错误的动作、一场不幸的跌倒让你的身体陷入灾难时，会显得非常可悲。

　　有一件事不仅不合常理，而且同样可悲：如今每天清晨推他出来转悠的人，竟是一直以来身子最弱的我，而他则像个破旧的娃娃般被摆在轮椅上，满心挫败且面无表情。

　　我的朋友路易斯·德尔加多现在已经是一个残破的人，一座破败的堡垒。讽刺而惊人的是，他竟然向我投来——只是一种假设——一种难以解释的目光，不知是认命、感激、嫉妒还是愤怒。

我每天早上都去找他，从周一到周五，把他推进电梯，推上小道，在街区里转上一圈。随后我们会在柯格兰车站的站台上走一个来回，看火车经过，观察等车和下车的乘客们，他们的面孔总是严肃而专注。某一刻我会在开往萨瓦德拉一侧站台尽头的长凳上坐下来，安静地读报纸，隔一会儿就掖掖他腿上的毯子，让他知道我在照顾着他。有时候我甚至会高声评论某一则政治新闻，他看上去像是听懂了。不太确定，但我觉得是。也许只是我的一厢情愿。他曾经很喜欢探讨时政，每天早上都认真地读两份报纸，还写过一些论点尖锐的文章在朋友圈中传阅，有几篇还发表在了《民族报》上的"读者来信"栏目中。

九点十八分开往莱蒂洛的火车一走，我就带他回家，再自己回车站来，赶九点三十七分的班车去上班。

我从三年前就开始重复这样的日子了。那天早晨，他们通知我路易斯出事了，从那以后，我就开始了这项——该怎么说呢——传统或者说习惯，即从周一到周五，每天早上带他出来。周末不行，因为他要跟自己的姐姐在一起，她从卡尔维过来照顾她，而我去海里划船。我会在旅店住一夜，周日很晚才回来。

有一天，我发现他看起来特别悲伤，或者说我有这种感觉，我太了解他了。我感觉火车驶来的时候,他盯着铁轨,脸上是异于平日的全神贯注。这有些奇怪,我直视他,对他说:你想让我把你扔下去么?

我感到那一刻他的眼眸亮了,目光炯炯,仿佛在跟我说:是的。我还看到,或是感觉到,他的嘴角左侧微微一撇,也是确认的意思。

我们俩在他还健康时曾不止一次如此设想过。我自己总是这样说——我的朋友们也都清楚,我一辈子都坚信——最美好而慈悲的友情,就是能在我需要的时候帮助我去死,若是我身上发生了路易斯那样的事的话。我信奉安乐死,相信我们拥有放弃自己躯体、结束自己生命的权力。如果需要他人的帮助,对方完全不该有一丝歉意和负担。

过去的三十年中,我一直在这个话题上开玩笑,连我的孩子们都喜欢以此打趣我。所有认识我的人都知道,我过去以及现在一直喜欢坦率直白地拿死亡开玩笑,拿那些应该将我囚禁起来的老年医院开玩笑,还拿其他残酷事物开笑话,而我知道,它们不过是伪装成黑色幽默以用来掩饰恐惧的推测与奇想罢了。

与我谈论这个话题最多的人,正是路易斯·德尔加多。甚至可以说,我们之间几乎达成了某种协定。未曾明言,然而,鉴于这么多年来的信任与相互理解——我们已经一起生活快二十年了,不光是工作中的同事,也是生活中的伙伴——这项协定最终达成。其内容是，如果我们中的一个得了重病，另一个就把他从阳台上扔下去，或者推到公交车抑或火车的轮子下面。不管什么，只要能帮对方脱离苦海。没有人想做杀掉朋友的刽子手，这是自然，但更没有人希望自己因为不治之症或飞来横祸变成废人，而为了避免自己每况愈下，尊严丧尽，我们决定依靠自己。我们内心深处一直相信——虽未明说——这是一种完美的爱，是一种基于慈悲和慷慨的高尚行为，当受苦之人是自己的挚友时。

生活就是这样。梦想并不总是无法实现，就如同事前筹谋并不能够消除事实的无情。推测并不总能成真。并不总能。有些时候，最迫切的渴望能够化为现实，另一些时候，则恰恰与之相反。生活比科学更加不可捉摸，并不是说提前周密思量，事情便不再发生。渴望也做不到这一点。

我想说的是，我早就预见到了这一切。我一天天地看着他的眼神变化，其中有了一种新的光芒。不过我很清楚，那不是因为健康状况的改善。是仁慈，乞求，难以言说的渴望，还是迫切的需求？谁知道呢。但我感觉得到，他的愿望一次比一次强烈，这一点毋庸置疑。远的不说，昨天我觉得他的目光一直追随着我，我有一种感觉，他在恳求我，更准确地说，是在命令我。我甚至问他是不是想要我做点什么，我请求他至少眨一眨眼睛，好让我知道是与不是。当然，他的眼珠没转，眉毛没抬，手指也未动。

我不能确定他到底想要什么,只能猜测或者干脆就误解,但我觉得,他昨天一定是想要我做些什么。我心里明白得很。

但我做不到。确实如此。不是我不想,我知道这对他来说是个解脱,对所有人都是。他的家人已经负债累累,我每天早上都要花一个小时陪他,从不间断,我不能说对我没有影响,因为确实有,还不小。我爱路易斯,爱了将近二十年。但我做不到。按理说应当是可以的,但我真的做不到。

有时候我会很绝望。一天夜里,我做了一个可怕的梦,上星期也有过一次。我绝望是因为自己一直都在做准备,我意识到自己已经将一切计划得很完美。我想过该怎么做,事情会如何发展,我一直告诉自己,总有一天我会这么做的。当我们走上站台的时候,我可以假装漫不经心,用一只手轻轻推着他,另一只手抓着大小并不合手的《民族报》。我没留神绊了一跤,轮椅脱手而出,而他刚刚好在八点四十七分开往莱蒂洛的列车进站时跌进轨道。我大叫,周围的人大叫,列车停下,我陷入崩溃,呼喊着自己的过失和痛苦,站长安慰着我,人们叫来警察。剩下的就只有一些手续,因为没有人会怀疑什么,我是他最好的朋友,一个无私的好人,只想要每天带着自己几乎算是一辈子的朋友出门散步,并且已经如此做了三年,整个街区的人都见过,都知道。

但我做不到,我做不到,我承担不了这样的罪责。不是做这件事本身的罪责,而是事前的罪责,就像此时此刻以及每一次想象那场"事故"时所感受到的那样。一切都历历在目,仿佛一场在脑海中播放的电影。

但一切都是有限度的,我已经无法继续下去了。所以我决定去和克劳迪奥谈一谈。他是我这辈子最铁的朋友之一。他是个神父,住在美国俄勒冈州。我们俩小时候曾经是一个学校的同学,在堂博斯克地区,还发誓做永远的朋友,也做到了。他是我大儿子的教父,也是世界上唯一一个我可以对之完全坦诚的人,而且他上次来布宜诺斯艾利斯的时候,也认识了路易斯。我已经不算是虔诚的教徒了,甚至不觉得自己是个基督徒,我不知道,我觉得自己更像是不可知论者、无神论者、不信教者,这些都不重要,但心中的罪责却让我觉得自己像个犹太教徒。

我已经办好了签证,买好了机票。飞机今晚起飞,我得在晚上七点半到达机场,还剩下不到十二个小时了。

一如每个清晨,我在去找路易斯之前刮着胡子。我自问,自己真的可以吗?真的可以为了挚友做出如此高尚的行为吗?我想是可以的。当飞机起飞后,到达波特兰之前的那么多个小时里,我唯一能感受到的,将是一种该死的罪责,无尽、深重、巨大得宛如下方的汪洋。我不知道克劳迪奥会不会是那个能恕我无罪的人,但我知道,至少他会理解我,不会对我做恶意的评判,也许还能告诉我此刻该做什么,今后又该如何生活。

老爸与钢琴

　　自从爸爸满八十五岁之后，就没法给他更新驾照了。所以我正准备把出租车卖掉，车的证件也已经过期了。我也开始给他的房子留意买家。一切都糟透了。我想，得有什么大事发生，才能把我从这一团乱麻中拯救出来。

　　确实难以置信，但还没回过神来，我就透过阳台看到从特别高的楼层直线坠下了一个黑色的庞然大物。那是一架三角钢琴，砰的一声，它砸到了地面，粉身碎骨，把一个走在人行道上推着婴儿车的女人压在了下边。

　　街角传来一声令人毛骨悚然的尖叫，整个世界都停滞了。

　　聋得跟石头一样的老爸，抄起电钻准备修理桌子。好像是一条桌腿坏了，可能是刚坏的，也可能已经坏了一千年，但他今天突然想到要修。他拿起电钻，装上钻头，就开始在客厅里钻起来。与此同时，外面交织着叫喊声、救护车和警车的鸣笛声，还有各种汽车喇叭声合奏出的交响曲，开车的人不是对这场旁人的飞来横祸一无所知，就是知道了却根本不在乎。

钻着钻着,他又拿来了钳子、锤子,和一大堆不知道属于猴年马月的锥子、长钉子、短钉子……甚至还有一杯红酒。忽然间,老头觉得自己就像个小孩儿,一个坐在客厅里玩锡铁兵的小男孩。他看上去兴高采烈,虽然此刻外面已经乱成了一锅粥,而我的脑袋里一直不停地回荡着那架钢琴撞碎时发出的极其怪异的声响。

"爸,你这是要干吗?"我问他,随即提心吊胆地走上阳台。

"修桌子啊。你这不是明知故问吗?"

此时的我,正一言不发地望着下方的一切:人们围在钢琴残骸四周,下面是(或者据推测应该是)那女人和她的婴儿车,看着这一切的我目瞪口呆,无法呼吸,人们围观着那架摔成碎片的钢琴,人行道上满是血迹。围观者的模样仿佛动物园里的看客。

警察很快就把现场围了起来,里面是摔碎的钢琴,还有它压住的推婴儿车的女人。有人在看热闹,却并不清楚自己在看什么,有人在大声哭泣,还有电视台的记者,交通中断了,城中已乱作一团。从我的视角一切都能看得很清楚,但我知道继续看下去完全没有任何意义。老头依然一声不吭,继续沉浸在自己的世界里,一辈子都是如此,直到他死掉的那一天。

我离开阳台,因为留在那儿也没什么用。我跟他搭话,没收到一点儿反应。于是我下楼,溜到对面的街角,绕过街区,坐上106路公车,直到巴兰克拉斯。我试着什么都不想,因为那架钢琴的事故实在是太恐怖了,而跟老头在一起一切都是徒劳,虽然事实很明显,我还得坚持下去。

一个星期过去了。我回趟了家,他还在那里。杯子里的红酒已经喝完了,我也不清楚他又续过多少次。地板上有两个空纸盒,还有一只瓶子里剩有一点透明的液体,看着像水,但我知道那是杜松子酒。我请求他稍微集中一下注意力,把文件签了,我很快就走。我把从公证处取出来的文件夹放在厨房的水槽边,掏出表格和公证书:"我们要把出租车和房子卖掉,但得先过户到我名下才好办手续。"

"可以啊。这就叫做继承。"他前些天曾经这么说过,"我同意。"

"你同意什么?"

"我死了以后,房子归你。不过你得帮我把驾照更新一下,先别卖车。"

"更新不了,你再坚持也没用。"

"那把卖车的钱给我,我要用这个钱买缺的东西。"

"缺什么啊?"

他同情地看着我,要是再多看一会儿,我准能气到爆炸。

老头去了卫生间,撒了很小的一泡尿,门都没关。回来以后,他抓起文件夹,把里面的文件都拿出来,一个个找到铅笔标好的需要签字的地方,看都没看就全签了。随后他弯下腰,背靠侧躺着的桌子边缘，再次盘腿坐在了冰冷的地砖上。他打开电钻，钻向一大块木头，不过那块木头看着不像是那张坏掉的桌子上的。

"爸，能不能告诉我，你到底在做啥？"

他停顿了几秒钟，仿佛需要认真思索答案。

"我的抽屉。"他笑了，看我的眼神仿佛我还是个孩子，"去泡几杯马黛茶吧，别犯傻了，今天可是礼拜天呐。你该休息一下。"

每个周末，我都要去妈妈住的老年医院看她。她已经在里面四年了，可怜的老太太，已经完全忘记了自己是谁。我每个星期日都会过去待半个小时，也从来不会多停留。没有必要，反正她也已经不认识我了。但我每次都会给她带几块索萨商店里卖的黑糖点心，她一直都很喜欢吃，再留下几比索给护士长。我几乎从不带老头过来。他总说，来了也没用，她原来就不怎么搭理我，现在更是看都不看了。但恰恰是今天，他要求跟我一起过来，于是我们就来了。探视持续了刚好半小时，现在我们要走了。他们两个没有说话，每个人都沉浸在自己的世界里，妈妈拿着黑糖点心开心地笑着，爸爸也往嘴里放了两块，然后就跟我说，我们走吧孩子，我想离开这儿了。

在车里我们沉默了好一阵，后来我问他，怎么了老爸，看起来若有所思啊。他定定地盯着我开过一整个街区，才垂下了目光：

"你别想着把我也弄进去。听到没有？想都别想！"

我继续直视前方，星期天的道路并不拥堵。

"我知道求你也没用，但我还是要提一下。"

"看看你都在说些什么啊。"

"我说的都是事实。要是我的脑袋坏掉了，你和你姐妹也完全能行。谁都搞得定一个老头，不管怎么说。"

"那你想让我怎么做，等你'脑袋坏掉了'的时候？"

"就让我一个人待着，或者干脆在我过马路的时候别看着我，让卡车把我轧死。指望被一架钢琴砸死的话，就有点太过分了。"

我于是将车停在了路边，目不转睛地盯着他。我们对视着，他像个淘气的小丑一般笑着。我问他是不是知道钢琴的事，他回答说整条街都知道，钢琴是从十七楼掉下来的，四个混蛋没绑好绳子，又低估了重量。但街坊说得最多的是那个目睹了一切的老妇人的尖叫声，原来她是被砸扁的女人的母亲，车里婴儿的外婆。但好在我已经半聋了——他跟我说"半"聋——而你什么都没跟我说，所以我也就不用去忍受当时整个街区犹如荒腔走板的合唱团一般的叫喊声。街上那些男人和女人歇斯底里的大叫简直太愚蠢，他们只知道晕倒或哭泣，还有不少人从门窗里探头往外看，你想象一下，还有那个女人的丈夫和婴儿的父亲发出的哀嚎。不过，你还是先告诉我，宝贝儿子，你到底有没有取回我的驾照？而我说，没有，爸爸，我都说过了，你换不了新驾照，你这个年纪已经没法再当出租车司机了，什么活儿都干不了，你已经老了，别再作了。

可他完全没听到我的话，或是不愿意听。我们走出餐厅，刚踏进客厅门，他继续追问，宝贝儿子，你到底去没去？此时的我盯着对面的人行道，此刻那里空旷而又干净，而我的内心不禁感到困惑，无法继续，无法思考，无法理顺思绪。当我们完全不知道该如何摆脱某种糟糕处境时，便会在脑海中不断重复某些东西，比方说此刻的：爱是那么短，而遗忘又那么长。

午后，两个街区之外，又一阵鸣笛声疯狂响起，巡逻车还是救护车，为何鸣笛，去往哪里，这些都不重要，总之就是同样尖锐的声音再次贯穿我的脑仁，我想告诉老头，或者冲他大叫：听我说，爸爸，你这个年纪已经不能开车了，继续请求更新驾照根本没什么卵用，他们必然是要拒绝的。

"你快告诉我到底去了没有啊。"我就知道他会这么回答。

没有，我没去，我准备这么跟他说，你别再烦我了。可就在这时，我又想起了发生在我眼前的那场悲剧，内心难以平复：那可恶的钢琴就擦着我的鼻子坠落下去，在我的感觉里——比方说胃或者睾丸末端，随便哪里吧——留下一个鸡蛋大小的黑洞，就好像伽利略为了解释但丁如何坠入无边地狱而画出的道路，那是一种锥形道路，尖端刺入地表，直至地心……

"行了，宝贝儿子，我早就叫你去拿回我的新驾照。"他在餐厅里嚷嚷，把电钻的轰鸣声都盖过了。

我很难过，说真的。他并不知道——或者知道但不愿意接受——我其实马上就要把他的出租车卖给联合酒吧的一个瘦子，那人丢了工作，周一刚刚拿到一笔补偿款，那辆车也差不多就值那个价钱了。那是一辆标致504，现在已经停产了，瘦子打算给它上点漆，用来跑出租。跟爸爸说这些一点用也没有。他也不知道，卖房子的钱一定会用来付老人医院的费用，他最终也会被送去。因为虽说他这个人很难伺候，可毕竟是我爸，一辈子人品没得说，正派得像棵天竺葵，完全找不出枪毙他的理由，又健壮得像棵破釜树①，送他去老人医院将是唯一的选择。而且我也没有资格用他的钱，钱最终还是他的，房子也是他的，车也一样。他完全有理由获得衣食无忧的退休生活，成为我们一直没福气做的有钱人。

我望向窗外，仿佛看到了老妇人那大张着的嘴，她一边大喊一边狂奔，直至对面人行道上的那架钢琴旁。她张开的嘴让我想起街角的电缆井，或是一场可怕风暴的风眼，而这次那女人没发出一丝声音，至少我没有听到声音，但她看向惨剧现场时的绝望目光就在眼前，而我虽没看见现场究竟如何，却也很容易想象

---

① 一种当地常见的树木，树干极粗，又叫酒瓶树。

老爸与钢琴

出来:她女儿的身体被砸扁,婴儿车连同里面熟睡的婴儿也已经被压扁,甚至没在地上留下一个黑洞,或者更确切地说,是留下了一个生命的黑洞。

老头在餐厅里喋喋不休,而我则冲他喊着,爸爸,别再作了,消停一会,因为我都不知道要跟他说什么了,也不知道该做什么,只是呆呆地盯着对面的人行道,再慢慢向上望去,直到目光对准了十七层,那里现在正站着两个人,两个脑袋向下张望着,向地面上的另外两个人做着无比夸张而招摇的手势,仿佛在用肢体语言展示着一场恐怖而骇人的事件,演示着当时是怎么回事。

我打开手机,拨给玛塔,她应该快到了。她之前说十二点半会到,现在已经十二点半了。她说要来做意式肉酱面,你一定想象不出有多好吃,她是这么跟我说的,之后我们再一起睡个午觉,亲爱的,今天可是星期日,你爸爸不会发现的,回头见,我们玩一会儿填洞洞游戏,我都给你,你愿意怎么干就怎么干。玛塔总是这么说,她就是这么疯狂。

这大概是这个周日里唯一一件美好的事,绝对是。

亮黄

当那个精瘦的男人把车停下的时候,所有人的目光都被它外壳上的亮黄色吸引了过去。那是一辆1968年产的破旧菲亚特125轿车,车前的保险杠整个都坑坑洼洼的,左边的车灯也裂开了。但涂了漆的部分闪闪发亮,似乎刚洗过。村子里一片污秽,陋巷中泥泞不堪,空气里尘土飞扬,大群的苍蝇像《独孤里桥之役》①中的战斗机一般在目标上空盘旋着。在这样的环境中,那抹亮色尤为惹人注目。

所有人,尤其是孩子们都盯着那辆车和那个瘦子看。所有人,除了那位大妈。她只是深深地吸了一口叼在嘴里的烟,动作迟缓得像悬浮在太空中的宇航员,把烟气徐徐吐向一边后,对大爷说:

"不要理他。"

大爷缓缓站起身,目光一直没离开瘦子,用手掸了掸裤子上方。这个动作没有任何必要,因为裤子既没有褶痕,也并不干净。那只是传教士们每年两三次带来的几件可怜的衣物之一罢了。去年秋天他分到那件蓝色的套装，但上衣他根本不能穿，因为只有一根袖子。

另一个毫无必要的动作是用手掌把头发捋平——他没剩下多少头发了，又都是直竖着的，中间满是虱子。

大爷站着没动，等待着。大妈撩起一块充当门帘的粗麻布，走进那间小屋，嘴里发着誓，表示自己早就决定不看那人的脸，也会这么做。

一群孩子过来围住了 125 轿车，开始这摸摸，那碰碰。里面最高的一个孩子双腿细长，脸上长满了青春痘，胆子也最大，直接坐在了方向盘前。其他的孩子嫉妒地看着，所有的孩子都在笑，那笑声就像印第安人在紧张得不知道怎么办的时候发出的笑声一样。瘦子朝后看看，决定不理睬他们。他们干什么他都无所谓。他迈着缓慢而坚定的步子走向小屋，在排污水沟之前站住，用一个塑料打火机点燃了一支国会牌香烟。

他穿着一件带蓝色竖条的白衬衣，破旧的牛仔裤，皮鞋刚上过漆，但能看出来很旧了。这个男人个子很高，小眼睛，又尖又长的鼻子像个冰锥似的。他应该不到五十岁，但肯定四十往上了。

男人走向大爷，说道："您好啊。"大爷点了点头，算是回应。

---

① 一部韩战题材美国电影，有大量空战情节。

他接着问,是不是已经准备好了?

大爷看着他,脸上的表情空洞而黯淡,像极了雷西斯滕西亚酒店里卖的明信片上印第安人的样子,什么也没说。

"那姑娘,准备好了吗?"瘦子重复了一遍。

大爷盯着自己布鞋的鞋尖,那位置刚好有一个脚趾冒出来,上面呲着斑驳肮脏的长指甲,宛如一枝出墙的红杏。他说道:

"呃……"其中的意思是,对,准备好了,算是好了,但还缺点什么。

"该给你的我带来了。"瘦子说,"姑娘,在哪儿?"

"在里面。"大爷说着,用拇指指向身后的房门,"但她不愿意。"

"谁不愿意? 那个小妞? 她愿不愿意有什么关系?"

"她妈不愿意。"

瘦子皱了皱脸,又轻轻摇了摇头:

"咱俩早就商量好了啊……她现在还想怎么样? 加钱?"

真是麻烦,他心想。自己是个有耐心的人,但他不喜欢这帮人,这个地方,或许也不喜欢自己这份工作,如果这也能算是工作的话。

"我向来说话干脆。"他补充道,语气很严肃。

大爷点了点头,像是明白了。但其实一点都不明白。他想着当天早晨老婆对自己说的话:不行,她不能离开这里。她还说

亮黄

了好多别的东西。

大爷琢磨着这一切的时候，又有几个孩子凑了过来。臭水沟的另一边，亮黄色的轿车里此刻满载着七八个乘客。刚才坐在方向盘前的孩子仍然扮演着驾驶员的角色，天晓得正开往什么地方，估计已经到美国了。他身边靠窗站着的，应该是一群孩子里最大的那个，十二岁左右，大摇大摆地冲着车头保险杠没坏的那一块撒尿，随即又尿在了一棵开花的月桂树上。孩子们都大笑起来，嘴里说着听不懂的土话。一个孩子顶着乱蓬蓬的长头发，额头跟眉毛也被遮了起来，他从后车窗里冒出来，朝那个撒尿的孩子吐口水。车里的孩子都开始鼓掌，又蹦又跳。瘦子看着他们，就像在看一个喝得烂醉、五音不全的乐人。

一个印第安小姑娘，估计是所有孩子的姐妹，从屋子里跑了出来。明显是受到了什么指令，她绕开大爷，奔向街上五十米开外的另一间茅屋。奔跑的途中，两三只瘦鸡受惊扑腾了起来，逃向二十米开外开着蓝花楹和金合欢的小山包。那个小女孩也就七岁左右，穿着一条灰色围裙，跟少管所里的制服样式相似。也有可能是白色，但穿得太久了。她光着脚板，脚下扬起了一片猝不及防的灰尘。几个男孩看到她都大笑起来，其中一个喊了一句什么，另外几个笑得更厉害了。但他们不一会儿就安静了，因为大爷用土话跟他们说了几句，又指向亮黄色的菲亚特，里面的孩子仍然像在游乐场里一般狂欢着。两秒钟之后，所有孩子都跑到了轿车旁。瘦子不禁纳闷这些孩子都是从哪儿冒出来的。于是他问：

"一共几个孩子？"

"两个，"大爷回答，"是姐妹俩。"

过了一会儿，仿佛在脑海中重新数了一遍，又补充道：

"走了四个了。"

瘦子又点燃了一支烟。看着大爷带有暗示的目光，就递上了那盒国会。大爷一把抓住，抽了一根放到嘴里，又把整个盒子塞进口袋。瘦子用自己的打火机给大爷点上了火，两个人一起抽起了烟。

他们就那么站着，一声不吭。老人隔一会儿就用手赶一下苍蝇，瘦子用一条又皱又油的手帕擦着额头，越来越疲惫的样子。

"那……"他问，"还等什么？把她带来吧，我给你钱。"

"把钱给我。"大爷说，伸出一只皮肤干裂的手，手掌上无尽的纹路仿佛一道道沟渠。

但他张开的手在空中停住了，因为对方摇了摇头，用鼻孔喷出了一阵烟雾。

"先带她出来，让她上车。这才是我们说好的。"

老人说：

"行。但先给我点儿，我好拿去给她看。"他又摊开了手掌，是个从下到上的动作,仿佛托起了一个想象中的球。这是他的方式,向瘦子表示,不愿意、不合作的是她妈妈,得拿点钱去说服她。

"别耍花招了,戈麦斯。昨天我已经把说好的订金给你了。而且你生得太多了,那姑娘不管去哪儿,都比在这强。"

大爷放下了手,看上去垂头丧气,脸上空洞的表情难以捉摸。

"快点去吧。"瘦子坚持道,"难道现在还要上演感情大戏?"

说完暗自笑了笑,赶走一只苍蝇,再用手臂擦擦额头。

大爷慢慢地走进茅屋,瘦子开始用目光在周围搜寻一个能坐下来的地方,一个树桩之类的。他踩扁了一只朝他爬过来的螳螂,它翠绿得像颗人造绿宝石。他又向菲亚特望去,此刻所有的乘客都一本正经,聚精会神,宛如飞机上正经历气流颠簸的乘客。

突然传来一声尖叫,仿佛用久了的刹车片一般尖锐。随之而来的是一阵用完全听不懂的语言进行的争吵。重复得最多的一个词是"阿奈卡"或者其他类似的发音。大妈说出来的话里每五个词就有一个阿奈卡。还能听到硬物撞上某种柔软物体的声音。之后是一阵哭叫。又过了一会儿,大爷出来了。

他头上戴了一顶旧得不能再旧的棕色帽子,已经都被老鼠或是飞蛾咬得不成样了。

"行了。"他宣布,"现在给我吧。"

瘦子用嘴巴玩弄着一小根沙枣树枝。一刻也未停下。

"钱。"大爷坚持道,"把钱给我。"

瘦子把手缓缓插进裤袋,掏出一叠对折的钞票,用舌头沾湿拇指和食指,拿左手握住那叠钱并数了起来。数完以后,又把它们对折塞进了衬衣口袋。他长叹一口气,像是精疲力尽了,又点燃了一支烟,站起身来,在大爷贪婪的目光中缓缓走向菲亚特,跨过水沟的时候,扭头向污水中吐了一大口痰。

"闪开闪开!"瘦子走到车边时吆喝道。小团体一瞬间散去了,就像一群夜里从厨房逃走的蟑螂,朝着四面八方狂奔。瘦子盯着自己要坐的位子,站住了脚,靠着驾驶室旁敞开的车门抽起了烟。他面无表情地看了看大爷,像是看着一场与自己全然无关的悲剧。大爷朝屋里说了些什么,与其说是指示,不如说是命令。

大妈随后出现了,大爷怒目而视。她的身后跟着一个十五岁上下的少女,及腰的长发闪闪发亮,好像刚洗完又梳了好一会儿。她也穿着一条灰围裙,不知是孤儿院还是修道院的样式——短袖、直腰、长过膝盖。女孩四肢纤细,皮肤黝黑光滑,围裙刚好遮住了女性的曲线。脸庞上是高颧骨、塌鼻梁、突出丰满的嘴唇,乌黑的眼睛又细又长,却因为害怕睁得无比大。大妈死死地盯住大爷,又跟女儿说了什么。少女听到后,挪动脚步走向轿车。跟着她的是大爷。

两人走到亮黄色的轿车前,大爷伸手示意少女从另一边上车,自己又把手伸向鼻子像冰锥一样的瘦子。瘦子把香烟扔到地上,用鞋底踩熄,把钞票从上衣口袋里掏出来,放在大爷摊开的粗糙掌心上。随后他坐上车,发动马达,看都没看身边的人一眼,便绝尘而去。

流亡者的梦

　　他回到了家。在像一棵绿萝般流亡了十多年之后,独裁结束了,街道上满是笑脸与歌声,还有飘扬的旗帜、美丽的女孩和年轻人们欢庆独裁者倒台的开怀大笑。此时此刻,过去漫长十年中出现在自己梦境中的情景,终于变成了现实。他宛如一名精疲力尽却身披荣光的勇士,接受着家人和朋友们的欢迎。到家的第一天晚上,他们就组织了盛大的晚宴,准备的葡萄酒足够他开怀畅饮。令他惊喜的是,他儿时最好的朋友出现了。我都以为你死了,他对他说,这么些年,我一直以为你被绑架了,想象过你遭受酷刑和最怯懦的谋杀。还有梦想中的拥抱,好友张开双臂,两个人像老战友般紧紧相拥,如同被生活拆散的恋人。他尽情地吃着、喝着、唱着,所有的人一起吃着、喝着、唱着……当然,这是一场他永远也不希望结束的狂欢。他曾经在远方留下过那么多眼泪,承受过那么多痛苦,背井离乡使他失去了那么多的力量,发言时他是这样对大家说的,我失去了那么多的力量,所以明天,我必须走遍城中的每一条街道、每一处院落,才能追回往昔,给耗尽的电池充上电。为了像归来的燕子一样记起城中的风景,我必须栖息在同样几棵古老风铃树的同样几根古老枝条上。在欢迎的掌声中,激动的心情让他在这个令人难以忘怀的日子里变得渐渐失控。突然,别人告诉他,门口有人找。他转身,走过去,发现了他被迫离开之前曾深爱着的女孩。那可真是三重悲剧:独裁,不得不离开自己曾经并一直深爱的女孩,以及后来得知女孩失踪。"失踪"这个该死的词,其背后的含义简直令人毛骨悚然。而她现在就在这里,青春洋溢,光彩照人,像他所有的梦想和回忆一般灿烂。她对他笑了,说,我也没有死,独裁政权垮了,明天太阳会出来的,我保证。其他人都围绕着他们唱歌跳舞,他突然觉得,有什么地方不对。舞蹈的节奏很奇怪,所有的一切都有一种不可抗拒的眩晕感。于是他猛然意识到,现在的情景似曾相识。他喃喃自语,或许这一切只是个梦,另一个梦,另一个该死的梦,或许开始相信自己确确实实回到了儿时的故乡和家园时,恰好就是自己醒来的那一刻。那一刻——他突然记了起来,因为在梦中他突然记了起来,这一切自己都已在梦中见过——就是自己即将醒来的该死的一刻。确实如此,他醒了。

丰收的季节

——致欧斯金·考德威尔

胡安·戈麦斯每离开一座农场,穿过栅栏门,总要深深地叹一口气,再耸耸肩膀。走至几百米开外,找到一处阴凉,他就会仰面朝天躺下,把手垫在脖颈下方,低低地吹一阵口哨,端详一会儿空中飞过的鹦鹉群,最后轻轻嘟囔一句:

"他妈的。"

他慢慢开始明白,生活其实比自己以前想象的还要苦涩一些。他已经四处游荡着找活计一个星期了。有人告诉他,基蒂利皮一带需要短期工,但现在看来所有农场的收割季节都提前了,他这一番奔波寻找都是徒劳。他记忆中独臂人内波穆塞诺①的时代已经一去不复返,还记得内波穆塞诺总喜欢说:没有比丰收的季节更美妙的了,整个查科都如同换上了洁白的新衣一般,所有人都赶着去摘棉花。

每年的棉花种植都在减少,每座农场里的每个人都在抱怨政府(据说政府取消了贷款,允许从国外进口原材料,从而拉低了本土产品价格），种得少，收成自然变少，所以活计少了，钱也少了。更可怕的是，一年大旱，又一年大水。一切都糟透了。

躺一会儿之后，他会慢慢起身，把裤子上的灰抖一抖，继续向前走。他能感觉得到沙粒一般的土透过草鞋上小小的空隙钻进了自己的脚趾之间。每隔一会儿，他都会狐疑地检查一下自己的包袱里面那几块面包是不是还在，虽然他几乎没怎么吃过。他继续心情平静地走下去，这里那里打听着，希望自己沉默而顺从的样子能吸引什么人给他些随便什么活计，挣上几个小钱。每天结束的时候，他小心翼翼地啃一块面包，心中期待一切都会好起来，因为这可是丰收的季节啊。接着他就会在一棵树下席地而卧，沉沉睡去。

艰苦跋涉的第八天早上，他又一次失望地离开了一座名叫"罗西塔"的农场，往北朝着潘帕·德尔因迪奥的方向走了半里路以后发现，百米开外有一间面朝大路的小铺。那是栋有年头的房子了，又方又平，两边各有一棵巨大的风铃树，门口立着一台破旧的前接口式加油机。他感觉到了口渴，加快了脚步。前一天晚上，他选择了不吃东西，这样自己已经没剩多少的补给就能多支撑一天了。走向小铺的过程中他决定，今天要吃一整块面包，还要买一瓶甘蔗酒，让自己有精神继续走下去。他会把瓶

---

① 阿根廷查科省的某一任行政长官。

子装进包袱里，这样就能带着它走，每次停下来歇脚的时候也能喝上一口了。这要把身上的钱花掉一半以上，但他很快就说服了自己，这一点小小的奢侈还是应得的——他已经瘦了不少，用来当裤带的那根绳子至少紧了两厘米。最难熬的还是心中的悲伤，仍然没有找到活计的焦虑，它们仍比饥饿更难挨。

他掏出了一块硬得像石头的面包，涂点口水，慢慢舔软，最后才啃下来一小块。刺眼的阳光倾泻而下，快把他烤熟了。他不得不用袖子抹了两下脸——北风带来的沙粒粘在了他汗水斑驳的皮肤上，嚼面包的同时不得不嚼沙子。他估摸着大雨应该随时都可能倾盆而下，等最燥热的狂风安静下来，天空布满乌云之后。彼时的湿气会让人无法忍受，但他宁愿想象自己即将走在清新的湿土气息之中，满眼都将是山林的新绿。

在最后的几米路程中，他想起了自己去过的所有农场，里面的工人疯狂地劳作，在查科的夏天密不透风的寂静中无旁骛。他们都戴着压住耳朵的帽子，必不可少的湿手巾搭在脖子上。他看了看自己的手，感觉它们一阵发紧，迫不及待地想要再摘一次棉花。同时胸中是一阵汹涌的波涛，伴随着妒忌与愤怒，仿佛针刺一般。他有一种突如其来的渴望，也想要把手指淹没在棉花苞里，把它们一个个揪下来，看着指尖的伤口重新涌出鲜血。

"早啊。"他一进门就说。

他走向柜台，那里离门口大约四米，人为营造出的半明半

丰收的季节

暗,让他费了好大劲才适应。地面铺着砖块,店里有三张小小的方桌,两张都坐了人:一张坐了一个肩膀宽宽的黑大个儿,胳膊粗得能轻松举起一辆拖拉机,此时他正在午睡或是酒醉未醒;另一张坐了三个农民,看起来像是三胞胎兄弟,鼻子下面都留着一样的精致胡须,刚好跟鼻头一样宽,头上是一样的宽檐帽子,下面露出一簇簇鬈发,三个人没精打采地聊着天,声音低得犹如咕咕叫的鸽子。

"要什么?"柜台另一侧的女人问道,身子撑在胳膊肘上。她有四十来岁,乳房跟熟透的木瓜似的,两只脏手就像还没长毛的肥蜘蛛。

"甘蔗酒,"胡安回答,"一瓶。"

女人转过身去,再转回来时,手里已经攥着瓶子,好像它刚才就悬浮在空气中一样。

"三百。"

胡安摸索口袋,掏出三张钞票,一张张抚平放在柜台上。她数也没数就抓了起来,塞进自己的双乳之间。

"借我个杯子,老板娘,我想喝点儿。"

女人继续盯着他,好像完全没听见他说的话。

"一个杯子,"他重复道,"给我个杯子。"

"不行,你该走了。"

"不过就是借个杯子。拜托了,我就喝一点儿。"

"不行,我都说了。什么都不会给你。这儿不欢迎你们。"

"谁?我们?"

"你们这些外头来的短期工。我们自己都没活干了,真不懂你们还来干啥。没一点用,还把工钱都拉低了。"

"好吧,老板娘,可我只想找点儿活干,为了生计。我就一个人,没妨碍别人。我只想要个杯子喝点儿你刚卖给我的甘蔗酒,喝完就走。"

"不行,现在走。出去,我们这儿不欢迎你们。"

"都说了我就一个人,老板娘。而且,别这么撵我走,我又不是狗。"

"出去!混蛋!"

胡安·戈麦斯定定地看着她,眼睛越眯越细,直到变成两条阴暗的沟渠,里面满是厌恶。他发现店里的其他人一声不吭,虽然都默默观察着他和女人的对话,周围的气温仿佛上升了两度。在开口反驳之前——其实他还没想好要不要反驳,因为内心深处的什么东西在告诉他,此刻或许闭嘴比较好——女人身后出现了一个男人。他看起来比她年纪大些,头顶已经半秃了,身子滚圆得像根木棉树干。男人的眼神里完全没有光,就像个冰冷的死人一般。他问发生了什么事,女人抢在前头答道:

"这混蛋在这儿撒野呢,佩德罗。就是不走,都说了我们这儿不欢迎可恶的短期工。"

胖子盯住胡安。

"你想干吗？打架?"

"没有,老板。我只想要个杯子,喝我的甘蔗酒。我渴啊。"

"你是从萨恩斯佩尼亚来的?"

"从那蓬内过来。"

"都一样。谁带你来的?"

"没人带。"胡安·戈麦斯笑了,耸了耸肩膀,"我就一个人来的。"

"那你上哪儿去?"

"有活干的地方。"

胖子盯着他,满眼鄙夷,目光冰冷,仿佛在等待沉重的寂静重重砸向所有客人的背脊。接着他不屑地嘟囔了句什么,几乎同时吐出一口厚厚的浓痰,又将一只汗津津的手伸向胡安·戈麦斯的右肩,将他往后推去。

"瞧瞧这个狗娘养的!"他声音嘶哑地冲着其他人嚷道,"他在抢你们的活儿,还一副满不在乎的样子! 把他们这些人带来这里,就是为了这个,为了抢走本地人的活儿! 这些人就像卖肉的婊子,把工钱拉低了,活计也抢走了!"

"不是,你搞错了。"胡安·戈麦斯重申道,想从胖子的手中挣脱出来,"我没想从谁那里抢走啥,你们挣的每一分钱都是你们自己的。也没谁带我来,我是自己来的。"

"是拉米雷带你来的，别编了。"

"什么拉米雷？我不认得啊。"

"他还派你来看笑话，来羞辱我们所有人。"

那个宽肩膀的黑大个儿已经站起身，向胡安·戈麦斯走来。他用双手抓住胡安的上衣，一下就扯开了一道口子。伴随着直喷到胡安脸上的口臭，黑大个儿慢悠悠地说：

"你就是个狗娘养的。"

胡安向后退了一步，感觉全身的血液都聚拢到脸上来了。他有些害怕，把本来要出口的话吞了回去，心脏跳动的节奏已然失去了控制，猛烈地敲击着自己的肋骨。另一张桌子上的三个农民也站起身，朝柜台走来。胡安·戈麦斯又向后退了一步，确认了一下自己背后没人，又用余光瞟了瞟阻隔住炽热光线的店门，开始后悔自己走进了这家店。

"他是拉米雷用卡车拉过来的。"村民中个子最矮的一个断言，"我今天早上看见他了，拉米雷从基蒂利皮拉过来一车人，其中有一个是印第安人，他就在那群人里面。"

"可他说是从那蓬内过来的。"另一个人犹豫道。

"他打哪儿来，关我屁事。"黑大个儿附和道，将一只手掌重重地甩在胡安脸上。

接着，黑大个儿又将右手挥向胡安的下颌，胡安直接飞了起来，摔在了一张桌子上，又滚落到地面。他还没来得及站起来，好几条腿就争先恐后地踢向他全身各处,他只能用双臂把身体遮起来,并听到自己因为疼痛和无助而大叫着。那女人也发狂一般地怂恿着男人们。胡安感觉到嘴里涌出了一股又咸又黏的液体,身体向一边滚去,眼中看到的是自己的鲜血。他挣扎着挤出人群并站起身来。又是重重的一击,仿佛敲在自己身上的是一把铁锹,他扑向门口。那个叫佩德罗的胖子想扣住他,他揪住了他的衣服,但是胡安用尽全力捏了一把对方的睾丸,接着冲出门去,胖子则倒在地上,痛苦地嚎着。

他开始奔跑,确信那些人会来追他。某一刻他向后望去,果然不错:黑大个儿和两个农民正在百米开外追赶他,其中一个人手里还抓着枪。胡安本能地偏离了道路,冲进了山林里,把那瓶甘蔗酒紧紧地握在胸前。他歇斯底里地把瓶嘴撞向豆角树树干,然后直接就举到嘴边咕咚咕咚地大口灌下去,也不顾玻璃会不会划伤嘴唇。那一刻,他好像急切地需要自己的血变得甜一些。他重新上路狂奔的时候,依然紧捏着那玻璃瓶子。他发现自己在哭。

他也不知道自己跑了多久,最终精疲力尽地扑倒在地时,他感觉自己的双腿都在颤抖,手也不再听脑子使唤了。他心里知道,自己唯一的选择就是继续逃下去,但他的躯体已经耗尽了最后一丝力气,站不起来了。他扭过头看,眼前的一切都含混不清。汗水、左额头上仍在淌着的血和残留的甘蔗甜酒模糊了他的视线。他把残破的瓶子放在一旁,用衣袖擦拭着双眼。他已经不再哭了。勉强坐起身后,他发现自己身处一片空地,他把全身的重量都支撑在一个胳膊肘上,环顾四周,仔细地倾听山间的响动,直到目光落在一株巨大的愈创木上,这时候视野又开始变得模糊。他本能地抬起一只手,抹了一下,被手上如此多的血惊呆了。那一刻,他听到了狗吠的声音。

他一个激灵跳起身,又开始狂奔,暂时忘记了疲惫与伤痛。草丛弄伤了他,带刺的灌木在他的手臂上、脸上、裤子上和残破的衬衫上划开一道道口子。但他心中的恐惧已经超越了这一切,或许因为恐惧才是所有疼痛中最痛的那种。不过他没能跑出去多远,狂乱且毋庸置疑的狗叫声越来越清晰,而他知道,一只狗的嗅觉和固执,在山林之间能起到多么大的作用。

上气不接下气的他,在一棵鲜红的破釜树旁停住了脚步,那树干有不止一米粗。他重重地倒在了地上。他的心脏狂乱地跳动,发出猛烈的声响,令他不知所措,而持续的喘息让他感到口干舌燥;他的双腿犹如香烟的灰烬,一阵风都能将之吹走;他的下巴忽然开始疯狂颤抖,牙齿不受控制地彼此磕碰,直到突然间舌头痉挛到无法动弹。

狗叫声又一次响起,近得吓人。但他已经没有力气继续逃了。他甚至不再试图站起身来;他抓起破碎的酒瓶——破碎的

丰收的季节

瓶子看上去就像一顶玻璃皇冠——喝了一小口。他舔净最后一滴酒,根本不在乎里面的玻璃碴会不会割伤嘴巴。

"在这边儿!"一个声音尖利地响起,听起来那么近,耳朵都要给震聋了。

"佩德罗,快让狗跟过来!"另一个声音催促道,只稍稍远一点。

胡安·戈麦斯用手捋了捋头发,发出了一声破碎的啜泣。他闭上双眼,斜倚树干,心里不禁琢磨着,自己是如何陷入这种境地的? 这可是丰收的季节啊,查科的一切理应是最美好的。但仅仅是一秒钟之后,他看到几条狗一齐向他猛扑过来。他意识到,自己永远也不会知道答案了。

流亡者的梦

加西亚司令

他的真名其实是卡洛斯·加西亚,跟军队指挥官能扯上的关系,不比你或我多。但他就是喜欢这样介绍自己——"加西亚司令"。还会加上一句,火星驻地球武装部队司令。

他已经是个有年纪的老头了,六十来岁,个高,魁梧,指节粗大,喋喋不休,像个退休的铁路工人。铁路工人们退休后通常都很安静,习惯了长时间的静默与沉思,走起路来很有节奏,那是一种沾染上的摇摆,目光敏锐犹如孤独的学者和追踪罪恶的巡官。不过,其实我把加西亚归入这一行当,只是因为他走路的时候总喜欢不停地看怀表,那是一只圆圆的、硕大的带盖怀表。

有一天,他走进编辑部,点名要找罗伯托·皮鲁兹。那时的皮鲁兹是雷西斯滕西亚家喻户晓的名记者,而且实至名归,因为他毫不留情地揭发过当届政府的丑闻。皮鲁兹接待了他,表现得波澜不惊,举止自然,维持着礼节性的兴趣,没人看得出是不是装的,就这样听完了那个令人难以置信的故事。故事中火星人即将入侵地球,而且迫在眉睫,千钧一发,进攻地点就在查科。

"但我们是为了和平而来，"他用宽慰的口吻提醒道，"不必惊慌。因为若非如此，根本不会有人知道我们的行动。"

这明显是一派胡言，但皮鲁兹不但认真地倾听，还用自己的礼貌和耐心鼓励对方说下去。我觉得他这么做一小部分是为了赢得老头的信任，而非常确定的原因是，他也知道新闻调查是没有界限的，只要不懈地探寻下去，就总能发现惊喜。报社里甚至有人说，皮鲁兹还去阿梅吉诺街那个疯子的家里拜访了他，据说那里"昏暗、肮脏、还到处是猫"。在天台上，加西亚肯定地说，夜里的时候，自己就是在这里接收火星信号的。

老头断定自己对侵略了如指掌，因为"他们"——没错，他用的就是这个词——把他任命为地球行动的总指挥官。因此对他来说，辨认他们并不是难事，但他特别警告说，他们的外表看起来就跟我们正常人差不多。"他们一点都不像什么天外来客。"有一次他甚至这么说。我想，或许连我们也是他的怀疑对象。

刚开始我们还故作严肃地问他问题，只为之后能够自以为是地拿他取乐。当时的我们都太年轻了，而年轻记者的最大缺点就是狂妄自大。可是，他天天都来编辑部报到，两三个星期以后，便不再有人理睬他了。唯有皮鲁兹一直认真对待他，并显得饶有兴致，一如既往地问着问题。我们其他所有人都开始无视这一切，每次看到他迈着摇晃的步子，穿着同样的破旧斜纹布西装和领口破掉的衬衣，打着同一条沾满汤汁、油渍和咖啡的领带——这一切将他困窘的经济状况暴露无遗——我们都会让前台的帕特莉西亚告诉他没有人在。除了皮鲁兹，他总是耐心地接待他，像个圣人一般。

我们没人明白，为什么罗伯托要如此善待他。大家都受够了加西亚以及他的冗长胡诌，他还总是带着一个办公用文件夹，里面满是平面图、坐标和方程式，我相信连他自己都不懂。但他总想要告诉我们他的断言和警告千真万确，刚开始我们曾装出完全理解的样子。起初的那些日子，在为拥有质量如此之高的听众而满心欢喜的时候，加西亚的措辞会带上某种程度的矫揉造作，偶尔的心血来潮还会让他将话题延伸至某些日常领域，譬如足球、通货膨胀或者贝隆主义，而在谈这些东西的时候，他看上去还算得上正常，甚至是得体。但是，像所有头脑有问题的人一样，他的疯狂总会砰的一声爆发出来，他会回到火星人的话题，继续胡言乱语。

于是，他开始追溯这场漫长侵略的源头。那自然是好多个世纪以前了，伽利略等重要人物的协助功不可没，其他五花八门的人物还有西斯内罗斯总督①、坎宁总督②、霍华德·法斯特③、

---

① 全名巴尔塔萨尔·伊达尔戈·德西斯内罗斯(1756—1829)，西班牙海军上将和殖民统治者，曾任拉普拉塔河地区(今阿根廷首都布宜诺斯艾利斯)总督。
② 全名查尔斯·坎宁(1812—1862)，英国政治家，1858年成为代表英王的第一任印度总督，对该殖民地的重建和和解发挥了重大作用。
③ 霍华德·法斯特(1914—2003)，美国小说家和电视编剧，代表作有《斯巴达克斯》等。

加西亚司令

约翰·休斯顿[1]，或者是那几个月的经济部长。还有一旦侵略完成，哪些地区最有可能成为火星人的基地，关于这一点他倒是没有作精确的推测。

一天下午，他又来了，显得忧心忡忡，显然被妄想症折磨得不轻。他找到皮鲁兹，几乎是尖叫着宣布，计划有变，现在他们两个人的处境都很危险。这家伙紧张到不行，还有爱开玩笑的人——我想是伊万科维奇——主动提出要将老头藏进他住在巴兰克拉斯的姑姑家的地下室里。对此慷慨行径，加西亚简单谢过，对我们的嘲讽一无所知。他从未发现过我们的无耻，从来不知每一个跟他说话的人都只是在假装感兴趣。但这一次，脸色异常的他，看上去比以往更加无辜和可笑。

令我们讶异的是，皮鲁兹再一次认真听完了老头的讲述，还不时在小本子里做着笔记。过了一会儿，他竟然叫我们离开，留他们单独谈谈，还告诉我们不要再胡闹了。他说话时严肃的样子引起了我们的注意，因为我们所有人原本都觉得他不可能相信这老头胡诌出来的任何一个字，毕竟皮鲁兹已经是个一流记者了，事实上他简直是报社之星。不管怎样，最终大家都回到自己的位子上，主任马丁内斯还因为发稿推迟而大发雷霆，只剩下

---

[1] 约翰·休斯顿(1906—1987)，美国著名导演、编剧、演员和视觉艺术家，代表作有《马耳他之鹰》《约克军曹》《碧血黄沙》等。

他们两人在接待处那里窃窃私语,直到加西亚离开。

他没有再回来过。而对我们来说,最不可思议的是,第二天罗伯托·皮鲁兹没有来上班,第三天也没有。到了第四天,主任马丁内斯问我们是否知道原因。大家都说不知道,我们什么都不知道,连特拉维索都说,自己注意到皮鲁兹已经连着两个晚上没出现在贝伦酒吧了,他从前可是每天晚上临睡前都会去那儿喝上一杯杜松子酒的,风雨无阻。马丁内斯让我跟特拉维索一起上他家去找一找。

皮鲁兹住在里奥哈街的高处,离雷加塔斯体育俱乐部很近。房子里空无一人。一个邻居跟我们说,他最后一次见到他是两天以前,当时他和一个年纪很大的人一起出了门,听外形描述,绝对就是加西亚。

罗伯托因为旷工被解雇了。可想而知,编辑部里因此炸开了锅。没有人知道那两个人到底发生了什么。只能说,生活还在继续,留给我们的只有回忆。

直到昨天晚上,伊万科维奇请我去贝伦酒吧喝一杯。忽然之间,我们看到了那两个人正从对面的人行道上匆匆走过。伊万科维奇笑了,冲我挤了挤眼睛,示意跟上他们。我跑了出去,像往常见面打招呼时一样大喊罗伯托的名字,最后他终于转过身来,直视着我的眼睛。

那一刻我惊呆了,因为那具躯壳中的并不是皮鲁兹,而是另

加西亚司令

一个人,正用冰冷的目光将我刺穿。

正当我无比困惑之际,伊万科维奇在我身后说话了,声音忽然变得如金属般坚硬,他向我宣布,火星人即将入侵地球,就从查科开始。

管子一样的响尾蛇

那是一个炎热而潮湿的十二月。雨水多得就跟在参加一场世界降雨锦标赛似的,而我们正从萨穆乌往回赶。我的爸爸驾驶着他那辆装有潘塔内拉牌轮胎的黑色福特40轿车。对我来说,他就是超人。

他的朋友"意大利人"波莱迪在他身旁抽着烟,我则坐在后排的位置上,灰头土脸地盯着日落时分像子弹一般钻进车窗的小虫子。这是行驶在泥泞土路上唯一不太好玩的地方。开在这样的路上的车就像是一条船,一会儿倾向这边,一会儿倾向那边,跟个弹簧小人似的。

但我当时只有八岁,很喜欢十二月里放学后的这个老规矩。

查科的公路都糟透了,载棉花的大卡车从农场开出来,在路面留下一道道印记。但我的爸爸对公路的每一米都了如指掌,因为他是总在旅途中的生意人,什么东西都卖:布宜诺斯艾利斯的布料、橄榄油、门多萨的葡萄酒、巧克力、矿泉水。

那年的十二月二十四日,傍晚热得如同一千座地狱,福特车呼哧呼哧地喷着热气,努力地拉动后面的两轮挂车,那里面装着各式各样的商品。车箱里气氛凝重,因为已经是晚上八点了,我们想快点到家,赶上平安夜的晚餐。可路面是如此的坑坑洼洼,车速最快只能到每小时二十公里,我们已经弄爆了两个轮胎,再也没有备用的了。

忽然,福特车猛地一弹,好像又要陷进沟里了。爸爸将方向盘一把打向一边,同时踩紧了刹车。我一下子就明白了:我们的车胎又爆了。

"圣诞聚餐算是没戏啦。"他宣布。

"意大利人"波莱迪吐掉嘴里的香烟,骂了一句什么,又笑着说:"圣诞快乐,漫天大水。"还向我挤了挤眼睛。

挂车上面装满了矿泉水。

我爸爸下车去看坏掉的车胎,"意大利人"去树丛里撒尿。当他转身准备回来的时候,整个人忽然蹦了起来,还一边尖叫一边咒骂着:"一条蛇!他妈的!一条管子一样的响尾蛇!"

"意大利人"倒地的瞬间,爸爸把手伸进了车座底下,抽出砍刀,高高举起,先用刀面猛拍毒蛇,再用刀刃砍掉蛇头。"不许下车,蛇经常成对出没!"他冲我大叫,并将"意大利人"拖上了车。"意大利人"绝望地大声叫着,请求爸爸别让他死掉。

爸爸迅速帮他在座位上躺平,什么话都没有说,也根本不理会他的叫喊,抓起他的腿,把他的内裤和鞋都脱了下来,看着他膝盖上的伤口，对他说你忍耐一下，就把嘴凑了上去，开始用力地吸。

爸爸一点都不觉得恶心，机械地重复着动作，看上去已经不是第一次这么干了。他吸一阵，吐出来，用手臂抹抹嘴巴，又继续吸、继续吐。他同时还把裤子的小腿部分扯碎，衬衫也脱掉并撕成布条，在"意大利人"的膝盖下方做了一个止血带。

"意大利人"就像生崽的母猴子一样嚎叫着。他看起来那么害怕，一边哭一边问爸爸，是不是真的已经把那可恶的毒蛇杀死了。

爸爸没有答话，集中全部的注意力用一把螺丝刀穿过布条打出的结，再慢慢拧紧，勒紧肌肉和血管，这样血液就不会往上流到身体的其他部位了。爸爸每拧一下螺丝刀，"意大利人"都会一阵大叫，为了忍受疼痛还紧紧地抓着车门。他嘴里的叫骂一直都没停过。

后来爸爸终于停止了吸和吐，他直起身子，把打的结拉紧，又将烟草碎屑撒在伤口上。此时的伤口已经完全变成了青紫色。

伤口很小，只是两条细细的线，就像日本人的眼睛。但他们都知道，情况远比看起来严重得多。响尾蛇非常毒，它们咬的伤口几乎总能致命。

我张大了眼睛看着这一切，震慑于"意大利人"的绝望，还有

管子一样的响尾蛇

父亲的全神贯注与当机立断。从后座也能清晰地看到那条刚刚死去的灰绿色毒蛇。它的脊背肥厚，身体粗圆，直径大概有五厘米。

后来我老爸掏出小刀，全然不理会"意大利人"的尖叫，一刀把伤口切开了。他将止血绷带又紧了紧，说道，别晕过去，"意大利人"，别晕过去。虽然从来没有亲眼看过，但我也曾经听人们说起过，被响尾蛇咬了以后，受伤的人如果声音越来越尖细，目光变得模糊，最后晕过去，那就死定了。

所以，"意大利人"忽然失去知觉的时候，我也安静了下来。爸爸让我去前边坐，把"意大利人"横放在后座。接着他猛灌了几口杜松子酒，突然也开始骂起脏话来。又过了一会儿，他把那条毒蛇踢到了路边，在方向盘前坐下来，摸摸我的头，又一把抱住了我。

"今年的圣诞节真是狗屎！"

"他会死吗？"

"要是有人经过，带我们到医院去，用血清就能把他救过来。但谁会在今天晚上路过这里呢？"

他知道，在这样的日子，这样的时刻，答案一定是"没有人"。他用低沉的声音告诉我，这个圣诞节我们只有两样东西：矿泉水和一个危在旦夕的朋友。如果妈妈说的是真的，如果上帝真的存在，我会为"意大利人"祈祷。

又过了一会儿,天开始黑了①。爸爸从挂车上拿来了两瓶水。因为水很热,所以被他放在了车顶上。他又拿出了一包饼干给我。"意大利人"说了好一阵胡话,全身烧得滚烫。爸爸用一条湿手帕擦试他的额头,润湿他的嘴唇。看时间到了午夜十二点,他紧紧地抱住了我,我发现他在哭。

查科的夏夜一点都不长,而且光线充足,天空近得似乎触手可及。满天的星斗那么灿烂,我能看见一道白痕,爸爸告诉过我,那就是银河。夜色那么美好,我甚至在想,一切都会没事的,那个夏天全世界的人都很乐观,因为庄稼地里的棉花多得摘不完。

后来爸爸让我睡一会儿,我就闭上了眼睛。他自己随后去了车后座,抱住了"意大利人"——他看起来就像是睡着了一样。我偷偷地瞄着他们,看到爸爸把"意大利人"抱在自己的臂弯里,宛如邮票上抱着耶稣的圣母。后面发生了什么我也不知道了:我默默祈祷了一段时间,直到睡着。

黎明的时候,太阳开始在空中照耀,几个拖拉机里的农民发现了我们。他们半醉半醒,直到今天,我都记得他们看到眼前场景时惊愕的样子——"意大利人"张着嘴,像是睡着了,躺在我爸爸的怀里;爸爸伤心地哭泣着;我一边赶着苍蝇,一边自言自语,我吓坏了,因为当时的我还是个孩子,而那是我第一次目睹死亡。

---

① 阿根廷位于南半球,每年 12 月的日落时间在晚上 8 点左右,所以直到很晚天才会黑下来。

管子一样的响尾蛇

镜子的奥秘

　　我母亲说过,奥秘是彻底而又复杂的黑暗,它们永远存在。它们是充满魔力的元素,譬如死亡的预兆。可怕事件的前兆。这些都是我母亲说的,她很信这些,几乎每天都去做弥撒。

　　在她迷信的众多奥秘里,并非每一个都跟宗教有关。更确切地说,它们都充满了魔力,尽管宗教中的奥秘从来都与魔力撇不开关系。好吧,原谅我把话题扯远了。我想说的是,在某种程度上来讲,她非常虔诚地将某些确定无疑的臆想事件灌输给我们,但对我们这些孩子来说,它们就如同毋庸置疑的上帝之爱一般令人震撼。

　　这么多年过去,很多无法解释的奥秘我都已经淡忘,但是有一件却一直印在我的脑海中,直到今天,它仍是我心中无法解开的疑团。那就是镜子的奥秘,想知道的话,我现在就讲给你听。

　　那是一面慢慢裂开的镜子,很慢很慢,令人抓狂。

　　一切都始于那个早晨。我家有个大衣柜,里面什么都塞得下,衣柜上有一面镜子,镜面上出现了一条细小的裂痕,不仔细看根本看不出来。妈妈说:"谁都不准碰。如果它能坚持一个月,就什么事都没有。但如果在这之前碎掉了,一定会有大祸临头。"

从那时起,每一天,我们都一次又一次地量着那条缝的长度,大气也不敢出一口。因为它真的是越来越长了,即使几乎察觉不到,宛如一场悄然传播的瘟疫。所有的人都吓坏了。爸爸从工厂下班,总会问一句:"那个怎么样了?""那个"指的就是镜子和它上面的裂痕。它就像一根在玻璃上自动生长的丝线,隐隐作痛,像癌症一样深入骨髓,仿佛有自己的生命一般。那道口子越裂越长,几乎就要开口说话,天知道它打算说些什么呢。我们只能靠向苍天和上帝祈祷来排解心中的恐惧了。

更可怕的是,当时是七月。我们不知道到底该等待一个月,还是三十天。两者并不一致。也许妈妈知道,但没人敢去问,尽管这个问题重要极了。你想想,一天看起来平平无奇,人们总说:一天而已,不算什么。但在这样的情况之下,一日之差就是天翻地覆。灾祸与救赎之间,或许只差这一天。

所以你看,第二十八天早上已然是人心惶惶。只差四厘米了,妈妈每天都用裁缝尺测量着裂缝的增长,大家都不明白,那镜子怎么还没有裂成两半。

很不可思议,对吧?裂痕向左侧伸出去,所以看起来跟一般的裂缝不太一样,更像椭圆形。而且,它是从上方开始裂的,就这样慢慢往下延伸。妈妈说,我们占尽了劣势——向着下方和左方延伸的祸事,是最可怕的一种。有性命之虞。

但是否七月已经不重要,镜子在第三十天裂成了两半。一天都没多,正如预测的那样,结果致命。在最后的几小时里,从凌晨到午休时间,妈妈一直跪在镜子面前祈祷着,却一秒钟都不敢看它,战战兢兢,手里抓着念珠。她一段又一段地念着祷告词,一刻都没停过,仿佛珠串一般周而复始。爸爸那一天没去上班,闷闷不乐的样子,严肃得像一只困在独木船里的狗。他就那样坐在院子里,等待着。没人吃东西,甚至没人记得要吃。直到中午,爸爸站起身来,从门口望着妈妈,摇了摇头,捡起几个橘子开始剥,然后把果肉放进那个一直摆在桌上的碗里,看有没有人要吃。后来他吐了口吐沫,咒骂了几句,向村里走去了。

又过了一会儿,大概两点钟,妈妈祈祷的声音变了调,越来越急促,紧张而不安,后来又戛然而止,转变为抑扬顿挫的哭声:我们面面相觑,带着孩童的恐惧——这是自然——先听到妈妈的啜泣,后听到她那令人心碎的痛哭。

她哭了大概有几分钟,我也不知道具体多长时间,肯定不会太久。但对我们来说,几乎是无止无休。

之后,是沉默。

再之后,我也不知道是多久之后,我们发现,沉默并没有被玻璃坠地的声音打破。妈妈走进了我们所在的长廊里。她用一种悲哀的目光看了看我们,她的样子我们几乎都认不出来了。连外公外婆死去的时候,她都没有这样悲伤过——那是一个午后,他们乘坐的马车翻下了通往奥莫尼亚和查拉代的大桥。

她用低沉的声音说——低得仿佛只是说给她自己听的——她在祈祷的时候感觉听到了"咔"的一声,抬头一看,似乎什么也没发生,但那两片玻璃就在沉寂中落到了地面,好像是有一只看不到的手把它们放到了地板上一样。一片在右边,另一片在左边。没有蹭到她,没有声音,也没有裂成更小的碎片,表面也没有磨损,什么都没有,太离奇了。它们就像是并没有掉落一样完整地掉了下来,虽然分开了,却并没有破碎。一边一片。我们看到了,千真万确。完全无法解释的奥秘,而灾祸必将发生,妈妈说道,她的嗓音怪异、严肃,我们从未听过。

妈妈走向路边的水沟,平时她都是在那里等爸爸的。她就那样孤身一人站在那里,完全忘记了我们的存在。

让人难以置信的奥秘,这个就是。

爸爸和妈妈那天晚上相拥在一起,用一种哀伤的眼神看着我们,好像试图对我们说些什么,却又找不出合适的措辞。但全家人都已经真切地感受到了厄运的临近。它就潜伏在我们周围,蠢蠢欲动。

接下来的第一个星期,我们采取了一些措施:用怀疑的目光打量彼此,几乎没有人说话,吃的东西都是再三选择后决定的,几乎全是蔬菜，很长一段时间内都不敢吃肉，因为怕被下咒。我们害怕那一面仍然躺在地板上的破镜子——现在应该算是两面了吧——会被触怒。

我也不记得这一切维持了多久，但家中的气氛十分紧张，照某人的话说，几乎可以导电，太适合厄运降临了。

一个月之后，一场可怕的腹泻带走了最小的弟弟阿特里奥，他才刚满一周岁。第二个月，查科的初夏已经开始的时候，米尔蒂失踪了。天知道是她自己走了，还是被什么东西带了去——被人骗走了？让风吹走了？还是被生活吞噬了？总之，某一天她不见了。妈妈后来还怀过一次孕，但年底之前也流产了。爸爸绊了一跤，手里的斧头掉下来，砍断了左脚的两个脚趾。彻底瘸了。

很不可思议，的确。奥秘可不会拐弯抹角，来了就能让你心惊肉跳。颠覆人类的认知，说的就是它们。这就是它们的定义。人们会说，都是命运的无常。

有一天，那裂开的镜子消失了。不知道是我的父母还是别人把它弄走了，我一直都没搞清楚。

生活还在继续，很多年过去了。但对我来说，镜子的奥秘依旧鲜活，原封未动。除此之外我还能说什么呢？

迪多，再也不会

——致皮埃保罗·马切提

1

被截肢的那一天，他感觉整个世界都塌下来了。当时的他只有十八岁，是个天生的中前锋，也是"永远的查科"足球队少年组有史以来最棒的九号队员之一。他刚刚被挖到博卡青年队，准备几周后闪亮登场，却在这个时候接到了上战场的通知。那是 1982 年的夏天，加尔铁里将军[①]下令攻打英属马尔维纳斯群岛[②]，迪多·蒂图里奥一周后应召入伍。他的苦难从此开始了。

他被派往鹅绿湾参加战役，来自英军的炮火让草甸化为了地狱，海鹞战斗机像邪恶的鸽子般进攻着，廓尔喀雇佣兵像蝎子一样横冲直撞。一枚手榴弹瞬间炸飞了早上刚刚挖好的战壕，一块弹片钻进了他右侧的大腿骨，他瞬间倒下，仰面朝天，死死地盯着天空中的某个点，好像在等待一个解释。片刻后他反应了过来,在枪弹中给自己扎上了绷带止血。那个伤口并不算特别严重,如果救治及时的话。但阿根廷军队的无能和英国人的怒火致使他不得不在原地滞留了数个小时,直到伤口恶化生了坏疽,整条腿痛得失去了知觉。枪林弹雨的轰鸣令人无所遁形,而迪多就像战场上另一具死尸一般,只能暗自哭泣,动弹不得,因疼痛与恐惧而瑟瑟发抖,并在那一刻意识到,自己永远也不能再踢球了。

被发现时,他已经奄奄一息了。后来有人说,英国人应该是以为他已经死了。炮兵七团的几个伤员第二天随队撤退时认出了他。他们几个都是查科人,一个人说,见鬼,这个人真像迪多·蒂图里奥,永远的查科队的九号。另一个说,不是像,傻瓜,他就是迪多,还活着呢。

人们把他放到了一个临时扎成的担架上,抬到了团指挥部,当时炮兵团正在缴械投降。四处的士气都无比涣散,没人知道谁才是指挥官。每一个军官都一脸迷茫,他们都丢了自己的队伍,所有的军营都听中士甚至下士号令。当失血过多、奄奄一息

---

① 原名莱奥波尔多·加尔铁里(1926—2003),阿根廷军政独裁者,1981年12月至1982年6月在任。

② 1982年4月到6月间英国和阿根廷为争夺英国海外领土马尔维纳斯群岛的主权而爆发的一场局部战争,史称马岛战争。阿根廷军政府率先登陆马岛采取军事行动,意图转移视线以解决国内的政治危机和经济危机,随后被英国成功反击并收复马岛。此次军事行动的失败间接导致了加尔铁里军政府倒台。

的士兵迪多被担架抬过来的时候，一个人（肯定是个英国军官）下令立刻为他在战地医院紧急手术——英国人建了几处战地医院，那里原来叫阿根廷港，现在又被重新称为斯坦利港了。

他的腿就是在那里被截掉的。当时没有人知道，也永远不会有人知道，在那个时刻，这是否最好的处理方式，但人们就这么做了。于是，战争对于迪多·蒂图里奥来说，就这样结束了。同时结束的，还有他的足球运动员生涯和活下去的欲望。

2

四个月以后，他回到了查科，干瘦而佝偻的身子摇摇晃晃地支撑在一对拐杖上。但最令人过目不忘的，是他脸上无穷无尽的悲伤，如同一种虚幻的纹身，被刻在了脸上。

他回来的第一个星期，永远的查科队的领导们在七月九日大道的球场为他举行了一场表彰仪式。那是一场球赛开始前的几分钟，看台上满满的，整个球场的人都起立鼓掌，对他像对英雄一般致敬。但我们也都看到了，迪多既不兴奋，也没有微笑。他残缺不全的躯体笼罩在挥之不去的悲伤之中。他的表情是一种恐惧、痛苦和愤怒的混合，我们都清楚地看到了他用黯淡的目光恨恨地盯着球场，还有远处几个正在踢球的少年，我觉得，迪多原本是打算踢一辈子球的。

从那时起，我曾经多次问自己，他要怎样才能承受住这样的

迪多，再也不会

挫败啊。四肢健全而青春洋溢的我们,甚至无法足够虔诚地去思索这个问题,更加不能想象这场悲剧的残酷。对我们来说,这样的悲剧就如同一个幻影,永远轮不到自己,只会将他人推入火坑。

3

大概两三年后,独裁政权倒台,民主回归。有一天,当我挽着当时的女友丽丽塔·马丁内斯从电影院出来的时候,突然看见了他,我呆住了。那是市中心最热闹的地方,晚上九点,他挂着破旧的双拐,因为用得久,木头已经无比斑驳,底端滑稽地套着一双袜子,就像一双沉默的鞋。迪多·蒂图里奥向前递出一只铁罐,等待着有人往里扔上几个硬币。

我觉得他没看到我,而懦弱的我根本不敢靠近。我拉着丽丽塔绕了一条远路,跟朋友们一起消磨掉那个夜晚,愚蠢地批评着令我们为数不多的战斗英雄受辱的政治制度。按说负伤的退役军人是可以得到一些政府资助的,但看起来这仍然没有阻止他们走上乞讨的路。没有给他们安排工作,还有来自社会的歧视:不管有多不愿承认,没人愿意在这些老兵身上看到自己曾经的愚蠢。因此,被无尽的怨恨击垮并边缘化的这些所谓的英雄,已经成为一个令人不适却又无法解决的问题。他们是一场已经无人在意的战争的荣耀,除了给某个当权蠢货每年一次的演说充当素材以外，一文不值。

<h1 style="text-align:center">4</h1>

后来的很长一段时间里，我都没有再见过他，不知道是纯属偶然，还是迪多已经彻底离开了城市中的街巷。已经不再有人提及那场战争，整个国家都在忙于应付其他显而易见且近在眼前的危机。

民主是八十年代末的一场艰苦跋涉。经济危机开始爆发，造成的后果之一是，众多机构都走向了衰败，永远的查科竞技俱乐部也不例外。它进入了至今未能完全摆脱的萧条期：多年里一直被排除在所有联赛之外，直到一场大赦过后，才得以重新参加国内晋级锦标赛。而这场足球界的复兴，表明查科人对这支曾经多年入围国家甲级联赛的唯一球队狂热依旧，我们所有人都再次来到了七月九日大道上的老球场，带着旧日的彩旗、锣鼓和热情。

在那里，我又见到了迪多。就在球场外面，观众看台的入口旁边。有比赛的日子他都到得很早，展开一张小折叠桌，往上面摆一个装有糖果、小旗子、香烟和其他不值什么钱且几乎无足轻重的物件的篮子，自己则心不在焉地撑在唯一的一条腿和腋下的那根拐上。

我第一次走上前去打招呼的时候，他顺从地让我拥抱了一

迪多，再也不会

下,像一个已经向苦难低头的人。我发现他并没有特别反感人们盯着他看,像对待一个战斗英雄那样向他问好,对他身上黑白条的球队队服致敬。但很快我就意识到,尽管他会向每个致意的人回礼,但那种微妙的表情一直没有从他脸上褪去,那是一丝恨意。至少,我们这些老朋友都感觉得到。

我当时觉得,他是一直不能接受自己变成了回忆,这正是他的悲剧,因为他依然是独裁时期球队冠军的象征。人们对他的认可不过如此:一句简短的问候。即使所有的人都对他释放善意,也有不止一个人给他买了他并不需要的东西,但很明显,这一切都悄悄加深了他内心深处的恨意。正因如此,他从来不进球场。

好几个周末,我都偷偷观察着他,他似乎一点都不在乎里面发生了什么,总是背对着球场。那种可怜的不屑一顾更加衬托出他其实有多么憎恨被当成一个传说,成为一个被战争毁掉的伟大中前锋的活着的纪念碑。

在每场球赛开场的那一个瞬间,迪多都会离开。几乎在同一个时刻,听到球场中的哨声,就能看到他收起小桌子。只见他迅速地把小旗子都折叠起来,塞回包袱里,背在背上,用残破的身体能承受的最快速度越走越远。

5

有一天下午,我留在了球场外面,在他逃离之前走了上去。

我之前已经设想了很多次，用什么方法帮帮他。一次我给他推荐了一份大学里的工作，另一次则说服了开面包店的日本人给他点活儿做。但他根本连面都没有露过，没有表示过感谢，似乎也毫不欣赏我的谦和。所以我也就不再坚持，那天下午在球场的入口边，我只是想请他一起在观众席上看一次比赛，是"永远的查科"对阵"科尔多瓦竞技"，争夺晋级赛的半决赛资格。那是个阳光灿烂的星期六，整个球场座无虚席，我已经提前买好了两张位置不错的票。

但我的邀请还未说完，迪多已经开始拼命摇头以示拒绝。他看起来有些慌张，但更多的是因我的无礼而感到愤怒。他用拐杖敲了一下地面，对我说："别他妈来烦我，给我滚开!"还死死地盯住我，多一个字也不说，用火焰一般的眼神逼我离开。

我当然是抬腿就走，进入球场时，比赛刚刚开始，"永远的查科"还进了一个球。根据贵宾区爆出的欢呼声，以及人头攒动的木头座位区发出的叫喊和喧嚷，那一定是个令球迷们为之疯狂的精彩进球，因为对手还没在球场上站稳脚跟就被攻破了球门。我原路返回，想去对迪多说，来吧，别错过了这次狂欢的机会，但他已经准备离去，我喊他的时候，他并没有回头，甚至没有一点迟疑。

6

我再也没有见过迪多·蒂图里奥。他没再回过球场，我也没在城里见过他。我问了不少人，但几个月过去了，没有人给我答案。我多次想到，他是不是自杀了，就像很多马岛战争的老兵们一样。我想过有人发现他悬梁自尽，或者从大桥的最高处跳进了流向科连特斯市的巴拉那河。不止一个早晨，我惭愧地发现，自己在当地报纸上寻找着某条讣告。

但是，我再也没有见过他，也许这已经是最好的结局了。迪多音讯全无，或许他一生唯一的胜利，就是成功地从人间蒸发。

我一直认为，战争留下的后果正是如此——它永远不会真正结束，对于那些战争中的无名亲历者来说，永远没有一个真正的结局。只有他们自己——绝对再无他人——他们每一个人，才能明白在炙烤灵魂的恨意中活下去是一件多么令人难以承受的事。所以我决定，最好还是把迪多忘掉，永远不再寻找他。无论如何，我告诉自己，总有一天，我会创作一个短篇，将他写入作品。

上帝的惩罚

——致埃克托·施穆克勒

　　我们权且将这个故事的主人公称为庞佩约·阿尔亨蒂诺①·德尔科拉松②·德赫苏斯③·贡萨雷斯将军吧，出狱后到达雷西斯滕西亚的那个晚上，托托·斯皮内托这样说道。

　　他被关了八年，把国内的所有监狱都蹲了个遍，现在又跟我们围坐在星星酒吧里的一张桌子旁，好像什么事都没有发生过一样。

　　主人公的这个名字也可以说是编出来的，不过我相信，其中保留了某些能够代表军方贵重身份的姓氏，托托用他那华丽的语调补充道。这种律师特有的浮夸让他笔下的一切都惨不忍睹，而令人难以置信的是，这么多年来，这一点居然丝毫未变。

　　那是1976年底④，在科尔多瓦省，这位贡萨雷斯将军正在这座内陆省份指挥军队作战。他是一个信仰坚定的男人，称得上某种十字军战士，能够真切感受到某种不可思议的战争神秘主义的召唤，对叛乱分子深恶痛绝。他的声誉不仅得益于其高效的镇压手段——这一点已令他扬名军队内部和外部,尤其是外部——还因为从意识形态角度来讲,他是那个时代威胁文明社会的猴类族群中最具代表性的典范,托托一边这样说着,一边越过如今戴的那副双焦眼镜注视着我们,也就是说,那是一个与我们现在刚刚起步的民主时代截然相反的时代,又或者,我是说,他说道,那是一个与民主彻底背道而驰的时代。

他的父辈和祖辈都是军人。他与科尔多瓦上层社会的一位淑女结了婚,那是他的第一次也是唯一一次婚姻。他有四个儿子,三岁至十五岁不等。他是全国最年轻的将军之一,这一点非常了不得,要知道在那个时代,就跟现在一样,现役将军有近百人,而国外媒体则将他称为军方所谓"冷硬"派的沉默领袖,这么说完全不过分。

他是个狂热的天主教徒,科尔多瓦省主教与众多重要宗教人士的好友,当地权贵阶层的杰出成员,我是说,他是整个科尔多瓦城⑤的精英,而我们的故事就发生在那儿,我这个故事讲述

---

① "阿尔亨蒂诺"在西语中意为"阿根廷人"。
② "科拉松"在西语中意为"心脏"。
③ "赫苏斯"在西语中意为"耶稣"。
④ 当时的阿根廷正处于"肮脏战争"(1976—1983)初期。1976 年 3 月 24 日,阿根廷军队用武力从伊莎贝尔·庇隆的手中夺取了政权,成立了联合军政府,此后军队对社会抗议者开展了秘密和非人道的镇压和杀害,迫害手段多样而残忍,如强制失踪、秘密关押和实施酷刑、活埋、从飞机上抛至河里、篡改婴儿身份等等。
⑤ 科尔多瓦省的首府。

者当时就宿在城中的监狱里;时过境迁,本人的境遇已被洗白,请诸位原谅,这一段我想要略过,因为实在是难以启齿,而且跟我要讲的内容也没有什么关系。讲完这一句之后,托托向寺田先生做了个手势,即在空杯子上方点几下右手食指,意思是自己的杜松子酒喝完了。

老头儿手里抓着一瓶钥匙牌杜松子酒,从酒吧里挂着的日本旭日小旗边慢慢向我们走来。与此同时,托托开始了新一轮的絮叨。他说,贡萨雷斯将军在军事会议中被指定为科尔多瓦省第三军团领导人,他有好几次不得不向该省司法部门解释自己下属的野蛮行径,不过这一切并未妨碍他获得赞美、尊敬和畏惧。

一个激进派的前参议员曾对在下说过,作为一个军人,他的政治手腕高明到令人诧异——讲到此处,托托的某些措辞已经显得十分做作了——而下面的一段话便出自这位军人之口,这段话是在某一次机密(当然也不允许见报)会议上对着几位党内前立法者发表的:“先生们,我们正处于一场肮脏战争中。我作为国家任命的将军,只知道我必须取得胜利。若代价是错杀一千个无辜的人以揪出一个游击队员,我会义无反顾,因为我的使命是使整个国家安定。”

他是同僚眼中的思想家,精通国家历史以及天下战争爆发的原因;他注重家庭生活,热衷于品尝好酒。1976 年底,我们的庞佩约·阿尔亨蒂诺·德尔科拉松·德赫苏斯·贡萨雷斯将军还只是个战功赫赫的苦行士兵,却突然名声大噪,恍若一个横空出世的国家领袖,军旅生涯中的苦难都仿佛预示着他的光明未来,为此我们只需看一看他那些严酷的镇压手段,以及周复一周在击溃对手、使之毫无还击之力地陷入瘫痪和慌乱的过程中所取得的胜利足矣。

然而,突然之间——托托一边说着,一边用我的打火机点燃一根烟,所有人都全神贯注地看着他,绝大部分兴致盎然,我还偷偷瞄了一眼多卡波女人的腿——人生中的某些事就是这样,在对所有人来说都很不祥的 1976 年的某一天,厄运砸中了我们这位威严的将军:他的小儿子(得给他起个名字,他说,就叫胡安·曼努埃尔吧)忽然生病了,是严重的心脏衰竭,性命垂危。

在最初的症状出现之后,主治医师严肃坚决、直截了当地宣布,必须尽快为孩子做手术。医生会诊后决定,当天晚上就为已住进科尔多瓦军区医院的小儿子进行手术。在其父亲的首肯之下(旁边还有几个军队同僚、不停祈祷的妻子、另外三个儿子,以及令人安心的教会高等神职人员陪同),小胡安·曼努埃尔在深夜时分被推入了手术室。

近三个小时过去了,手术团队的上校医生走出了手术室,一脸茫然,满头大汗。医生向将军解释说,他和同事们已经尽了自己最大的努力。

"将军，现在我们必须暂停手术，因为我们的能力有限，不能保证手术成功。"医生严肃而凝重，托托也压低了自己的声音，仿佛在模仿医生的语气，"在科尔多瓦只有一位专家能挽救令郎的生命，手术太复杂，只有他能够操刀。连布宜诺斯艾利斯也找不到比他更合适的人选。我指的是穆路亚医生。您知道，他是一位杰出的心脏科专家。"

　　"联系他吧，医生。"将军下令道，一脸急切，随后又以虔诚信徒的口吻加上一句，"请让他救救我的儿子，若上帝愿降福于他。"

　　"将军，我已经找了穆路亚一整个下午了，一直找不到。现在我只能向您承诺，我们会尽一切努力，但明天早晨之后会发生什么，谁也说不准。在这段时间内，如果您能派人寻找穆路亚就再好不过了。"

　　这一刻——托托一边说，一边灌了一大口杜松子酒，又向一直在旭日小旗下读着布满天书般符号的报纸的寺田先生做了个手势——这一刻，贡萨雷斯将军叫来了他的助手，命令他派人赶往埃斯特万·穆路亚家中（当然了，托托申明，你们一定注意到了，这个姓名也是编的，跟故事主人公的名字一样），向他解释事态的严重性和紧急性，再把他护送到医院来，一刻也不得耽搁。

　　助手向长官敬了一个礼，又迟疑了片刻后说："有一个问题，将军。"

上帝的惩罚

贡萨雷斯盯着自己的下属——就当他是个中尉吧，托托说——像是在瞪一头开了不合时宜玩笑的蠢猪。将军眉头紧锁，微微颔首示意他继续说下去。

　　"穆路亚的两个孩子都是叛乱分子，将军。"上尉说道，有些为难却又态度坚定，"儿子三周前被逮捕了，在玛丽亚镇。小女儿正在逃亡……"

　　"接着说，我的孩子。"贡萨雷斯面无表情地催促道，对下属的疑虑无动于衷。

　　"穆路亚医生自己也在逃亡，将军。他的家在玛丽亚镇事件之后被突击搜查过，但已人去楼空。"

　　"已经离开科尔多瓦了吗？"

　　"我们不清楚，将军。"

　　"好，通知情报局和省联邦警察，在他的亲友中搜寻，给他打包票。交代下去，早上九点之前找到这个医生是第一要务。我说了，不要让他有任何顾虑。"

　　当然，阿根廷军方大将军的私人生活细节是严格保密的，我们这些老百姓根本无从得知——托托被自己故事的紧张气氛弄得呼吸急促。但我们不难想象出那几个小时贡萨雷斯将军心中承受的煎熬，也大概能推测出旁边众人的焦虑、他妻子的悲痛，以及另外几个儿子年幼无知的冷漠。

　　托托说一会儿就停顿一下，给我们大家留出想象的时间。

他这种考究且夸张的讲述方式让我有点心烦,不过确实牢牢抓住了听众们:多卡波的女人眼睛瞪得像铜铃一般大;斯宾塞的下唇不自觉地伸出,有节奏地点着头;其他人也都差不多。星星酒吧里的每一桌客人在托托再次开口的时候仿佛都停止了呼吸。托托说,不过,可以想象得出,独处于卧房里,或静坐于办公室时,贡萨雷斯将军将会扪心自问,命运的游戏——他或许会称之为上帝的意志——有多可怕,又或许,自己的权力有多局限。另一方面,可以推测得出,如果他想要将眼前的难关和小儿子的厄运归咎于某件事或某个人,承受其诅咒的必定是这场战争,而叛乱分子的行动也必将是令他身陷这一意料之外且又无法可解的境地的首要原因。

托托在上一段话之后停顿了一下,就像是等着桌边的所有人提出同样的问题。多卡波的女人注意到了我在偷看她的大腿,紧张地把裙摆拉到了膝盖的位置,但没有跟我对视。托托用之前招呼日本老板的右手食指搅拌着杯里的冰块。咳嗽了一声之后,他又点上一根烟,接着说道,所有的猜测先放一放,第二天清晨,送至将军府邸办公室的所有消息均给出了彻底负面的结果,庞佩约·阿尔亨蒂诺·德尔科拉松·德赫苏斯·贡萨雷斯仅剩的希望被击得粉碎,托托这样说的时候,用上了亨德尔[1]式

---

[1] 全名乔治·弗里德里希·亨德尔(1685—1759),巴洛克时期英籍德国作曲家,曲风雄伟、崇高,所创作的清唱剧多为戏剧性的英雄史诗。

荡气回肠的腔调。

医生们残忍地向将军解释,他的儿子亟须进行心脏移植手术,但其目前状态坚持不到布宜诺斯艾利斯。或许也承受不了二次手术,风险必定是非常高的。他们特意提供了一个两难抉择——所有的两难抉择都很残酷——就在那天凌晨,一场不幸的车祸重创了一个男孩的脑袋,男孩已经昏迷了四个小时,但他的心脏非常健康,或许可以移植给胡安·曼努埃尔。医生们说,每一分钟孩子的抵抗力都在下降,受伤的心脏会因营养不足而逐渐衰竭,要想救命,除非出现奇迹,因为穆路亚医生是科尔多瓦全省唯一一个能完成这场复杂手术的心脏科医师。

听完这些话,贡萨雷斯将军努力从自己的宗教信仰和战士的冷静品质中汲取力量,背负着常胜的军旅生涯强加给他的所有沉重责任,他用勉强平稳的声音问道:"情况就是要么让他等死,要么由你们给他做一场没有任何把握的移植手术,对吗?"

得到的答复是奇异而残忍的默认,托托说。几秒钟之后,将军下令:

"那就试试。"

讲到此处,托托沉默了更久。他又喝了一口酒,举起一只手擦了擦汗津津的额头,抬眼望向我们所有人,一个接着一个,像是在为自己引发的迫切心情向我们致歉。随后他挑了挑眉毛,长舒一口气,说道,你们应该猜出来了,那孩子死在了手术台上。

161

流亡者的梦

中午时分,这不幸的消息已如野火般烧遍了全城,与你们所有人都忘不了的重磅消息一起,传到了全国各地。我所说的重磅消息是:就在那天晚上,在离这里不远的查科省玛加丽塔·贝伦市,军方依据《逃犯法规》,处决了在押的二十多名犯人①。

说这些的时候,托托的声音沙哑了许多,并郑重地做了停顿。我们都沉默了,这沉默仿佛一朵沉重的云,必须托举才能停在空中,而此刻的我看到多卡波的女人眼睛瞪得老大,嘴巴张着,犹如一条死鱼。就在那一刻,广场上传来了鼓声,那是自由派举办的拉新人活动,众人正在抨击阿方辛②和秘鲁佬们③,而在我听来,那些激荡的鼓点就像是一颗隐秘的心脏从某处传来的跳动声。

庞佩约·阿尔亨蒂诺·德尔科拉松·德赫苏斯·贡萨雷斯将军之子的死讯传开后,托托·斯皮内托推了推双焦镜架,总结道——令人难以置信的是,这么多年的牢狱生活竟也未能改变他那华丽的语调中透出的律师特有的浮夸,这种浮夸让他笔下的一切都惨不忍睹——两种流言便在监狱中传开了:一种是,此事对这位科尔多瓦军区统帅打击太大,或许自此以后,他将变成

---

① 阿根廷"肮脏战争"中一场臭名昭著的大屠杀,军方残杀了22名左翼游击队员。

② 全名劳尔·阿方辛(1927—2009),阿根廷律师和政治家,1983年至1989年间担任阿根廷总统,是"肮脏战争"之后的第一届民选总统。

③ 1984年,阿根廷、巴西、哥伦比亚、墨西哥四国总统曾提议建立联合阵线以重新协商外债偿还问题,而秘鲁对此提议表示了抵制,此处或因此事。

上帝的惩罚

另一个人(不清楚是好是坏);另一种是,他受到了上帝降下的最具惩戒性和最公平的惩罚之一。

后来据我考证,在从椅子上站起身来向寺田老板示意结账之前,托托·斯皮内托说,那个星期天,在全国的所有监狱里,弥撒的数量与参加者都远胜往日。

八个兄弟姐妹

　　每当我在某座宅子里看见一名女佣在客厅中进进出出——动作轻盈优雅,仿佛从厨房飘至餐桌,又从餐桌飘向宾客——便会想起十年前的那个十二月二十四日,我的朋友埃克托就是在那天夜里十二点整的时候,突然大哭了起来。

　　我也不知道自己为何要将两件事联系起来,可就是这样,一个往返于厨房和餐厅之间的女佣总会让我联想到埃克托。当时的他悲痛欲绝,在我妻子玛塔烤制的乳猪前痛哭不已。我知道肯定是这道菜,因为玛塔已经连续二十多年在圣诞晚餐中奉上相同的菜式了:头盘一定是肉卷,然后是果仁芹菜沙拉,接着烤乳猪就要上桌了,没有一年例外。甜点倒是每年都变样,总能让人感到意外。不过没有一年的意外比得过那个在餐桌上突然崩溃的男人。他对着烤乳猪泪流不止,胸前还有一片红酒的污渍,我不记得是什么牌子的酒了,但后劲绝对很大。

　　埃克托来的时候样子很糟,可以这么说,因为他母亲几个月前刚刚去世,享年八十岁。那是一位出身高贵的老太太,我记得还算清楚。她的母亲是来自萨尔塔的贵族,费利佩·瓦雷拉①或类似领袖的后代;祖父是来自科连特斯的将军,指挥过米特雷总统任期内的几次战役,又或许是罗卡总统任期内,记不太清楚了,反正也不重要。她的脸有点像羊皮纸,不过是被大水浸透又在烈日下曝晒一天之后的那种。乌黑的眼珠并未因年迈而失去光彩,手上戴满了戒指,胸脯宽阔饱满,仿佛从前的大使先生,肩膀往下足够挂满各种奖牌和勋章。

哈辛太太活得很体面,直到生命最后一刻。她死得很突然,就像是突然间觉得衰老有失体面,还是死掉更好些。我这么说,是因为她身体一直很棒。不过我们去守灵的时候,玛塔以其惯有的刻薄说,她大概是厌倦了四十多年的贞洁寡妇生活才决定去死的,你想想看,既要守寡又要守住贞操,那得多累。

她的家人们悲痛欲绝。八个孩子,四男四女,埃克托是老幺。最大的哥哥已经六十多岁了,他才刚刚四十,对自己的父亲已经基本没有什么印象了。八个孩子里有两个住在西班牙,一个姐姐住在加拿大,另一个跟来自图库曼的兽医丈夫住在萨尔塔,丈夫平时要照料一座家族农场和卡法亚特镇上的几个葡萄园,大概如此。

问题是,葬礼一个月之后,也就是那年圣诞节的几天前,所

---

① 费利佩·瓦雷拉(1821—1870),阿根廷庄园主和军人,曾在阿根廷内战期间担任联邦政府军领袖。

有的兄弟姐妹都聚齐了。他们相互之间已经多年未见，特别是埃克托的两个姐姐，在过去的十五年中，他只见过她们三次。那些日子他一度激动地跟我说，对他来说，这次跟哥哥姐姐们的团聚，是对母亲最好的致敬。她临死前没能看到自己所有的子女，甚至有几个孙子和一个曾孙只在照片上见过。

起初，埃克托跟我说起这些的时候，眼眶都湿了。接着，他转而提起两个女佣：一个是康丝老太太，所有的朋友都认识她；另一个更年轻，金头发，很壮实。而后者之所以引人关注，是因为她其实是团聚现场唯一一个外人。

有一天晚上，埃克托向我坦白说，八个兄弟姐妹的前两次聚会之后，一切都变了味儿，这个姑娘的存在令他感到无比羞愧。就在第一次聚会即将结束之际，最大的姐姐、八个人中排行第二的玛丽亚·路易莎提出，自己想要带走那张大栎木桌，那是科连特斯将军的遗物；于是年龄居中的兄弟多明戈说，他想要母亲的金项链，小卡门也说了个自己想要的什么东西，再后来每个人都跟着来了。好吧，用现在年轻人的说法，打那之后事情开始变得悲催，埃克托垂下头结结巴巴地说，面对这样一幅画面，他简直羞愧得要死。要知道，这场闹剧可是在一个陌生人面前上演的，而这种事在家族的处世原则中根本不可饶恕。康丝老太太已经在这座房子里住了半个世纪了，可以算是家族成员之一，可那个金发姑娘却是另外一回事。

那个场景此刻依然能清晰地浮现在我眼前,埃克托的羞愧我也能感同身受。他们每个人都接受过良好的教育,家境一向优渥,漫步在沉甸甸的家具和巴洛克式玻璃器具之间的他们,宛如遨游在水中的鱼,而那个在宽敞的客厅里为在场众人端上一杯又一杯咖啡的姑娘,她的存在只会令我们感到羞愧。他们中的有些人远道而来,跟自己的兄弟姐妹多年未见,这一点令人感动不已,对吗?众人齐聚在巨大的餐桌旁,有的在桌边坐下,有的绕着桌子走动,推杯换盏,互致问候,直到一个女人说出自己的欲望,并引出一连串其他人的欲望,于是家族中最丑恶的一面立刻浮现,而这原本是不该示人的。

一场闹剧迅速上演,没人注意到现场还有个陌生人。当然,他们尚未谈到珠宝,也没涉及房产和投资。没过一会儿,所有的人开始相互指责,一只茶杯飞了起来。两个姐姐离开了,号称受到了欺骗;一个哥哥威胁要起诉所有人;而埃克托无疑是一帮人中心肠最好的,他决定一言不发,保持沉默,因为遗产对他来说一文不值,而在那一刻,他心中能够感受到的只有悲痛。

肯定是因为这件事的缘故,我的脑海中产生了一个挥之不去的念头——任何事情都有可能在家庭聚餐时发生。但如果现场有一个勤奋如蜜蜂的女佣来回穿梭、耳朵张得绝对有忏悔室里心怀鬼胎的神父那么大的话,大家就不该失去理智。但聚在那里的八个兄弟姐妹(准确地说只有七个,因为埃克托躲在一边,什么都不愿想,任由自己沉浸在刚刚失去母亲的伤痛中)谁都不愿让步。心灰意冷的埃克托用坦诚的语调对我说,他们连勺子和床单都在争,更别说哈辛塔太太锁在保险柜里的首饰了,还有房产、定期存款、股票和房子里找到的现金。他们才聚了四次,没有律师在现场,只有康丝老太太和那位金发姑娘给大家倒咖啡和酒,埃克托看着自己的哥哥姐姐在一个陌生人面前大声争吵,内心无比煎熬。他说,他们给出了各种荒谬的假设,以证明号称应当属于每一个人的每样东西究竟有何依据。从他们嘴里说出了很多难听的话、幼稚的反驳和最粗俗的谩骂。这并不是在探讨一笔丰厚遗产的去向,而是把家族的尊严和美好回忆一片片撕碎,是对刚刚离开的老寡母极其愚蠢的冒犯。这些野蛮的人因贪婪而发狂,而此时的老太太想必尸骨未寒。

埃克托是个正直的绅士,这一切他都无法再忍受,也不再去参加那些家庭会议了。那一年圣诞节的前一天——又或许是圣诞节到来的几个小时前,我记不清楚了,时间总会让人记忆模糊——他打电话来问我,声音细得像一根线,能不能跟我们一起过节。当然,我对他说,如果你不介意玛塔那一成不变的烤乳猪。但他没有笑,对我说,我不想毁了你们的平安夜。我回答说别瞎想了,快点过来吧。

那个晚上埃克托几乎没说话,吃得也很少,维持着客气和谨慎。正当所有人在十二点整共同举杯祝福的时候,他忽然大笑了起来。我们围坐在桌边,高举着手中的酒杯,互相拥抱、亲吻,就像每年的圣诞节一样。但当时的情形有点诡异,因为埃克托的笑来得太突然了,而且没有那种能让大家一块儿笑起来的感染力,因为并非发自内心。圣诞快乐,兄弟,他这么对我说,你真的是我的兄弟,圣诞快乐,祝大家圣诞快乐,他这么说着,而我们已在他的笑声中体会到了悲凉。并不是所有的人都知道细节,所以我说明了为什么埃克托今天晚上会和我们在一起,说得更确切一点,为什么埃克托不在他自己家里过节。一切都很古怪,因为突然间我们陷入了一种极不自在的气氛,真的。

后来笑声变成了哭声,所有人都沉默了,目瞪口呆——看一个成年男人哭,总是一件令人难以置信的事,在圣诞节时更是如此。

那是一阵发自肺腑的痛哭。他哭得像个孩子,满脸鼻涕,藏不住的愁苦。他的哭声令整个餐桌安静了,钟表都刹那间停止了走动。

除了走过去抱住他,我真的不知道还能做些什么。那个瞬间我想到——或者知道——其实说到底,这户可悲的贵族家庭的命运如何,对那个金发女佣来说,或许根本不重要。

给我讲这个故事的人是一个我曾经心爱、现在依然心爱的朋友。我们两个都知道,当时他讲给我听,是为了让我把它写下来。但我之前一直没有去做,而且我相信,这样才是最好的。

达马索的小狗

　　翁贝托·埃科①与让-克洛德·卡里埃尔②曾经在《别想摆脱书》一书中就阅读这个话题展开对话,还讨论过一个雷蒂夫③创作的故事——此人是十八世纪法国作家,他的作品我并没有读过——而那个故事竟然跟我父亲给我讲过的一个故事很像,而且在 1980 年的时候,我差点就把它写进自己的小说《自行车上的革命》里了。

　　这个故事发生在上世纪 60 年代的巴拉圭,阿尔弗雷多·斯特罗斯纳将军④的铁血独裁正处于巅峰时期,我爸爸和他的朋友达马索·阿亚拉是河船上的水手,来往于布宜诺斯艾利斯与亚松森⑤之间。达马索体格健壮,性格孤僻,曾经是自由搏击冠军。他们一块儿航行了长达十年之久,直到达马索回到巴拉圭,而爸爸则先后在巴兰克拉斯和雷西斯滕西亚讨生计。后来,他们每隔一段时间都会见面,我爸爸也赢得了反独裁者们的信任。

　　我在雷西斯滕西亚见过他一面,那次达马索是和另外两个跟他身形差不多的黑大汉一块儿过来的,还带着一只黑白斑点的小狗,尾巴短短的,有点猎狐梗的样子。他们在我家待了整整一个下午,我一直都在院子里和过道上跟那只小狗玩。当时我开心极了,因为小狗又活泼又可爱,还不停地汪汪叫。夜幕降临的时候,他们离开了,达马索抱起小狗之前,先摸了摸我的头表达谢意。后来,我就再也没有见过他们了。

他在我记忆中是一个身材高大却心思单纯的人,没有什么特别的过人之处,眼眸清澈,仿佛巴拉那河道沙洲里的水一般透明。这幅肖像因我父亲的几句话而变得更饱满:达马索有着深沉的信仰,简单却不可撼动。他的反独裁斗争是出于自觉的,如今来看,与其说是发自内心,不如说是低调、内敛和谨慎的。

我也不记得又过了多久,也许一年,也许是两年。某年圣诞节的一周前,爸爸回家以后,用干涩的声音告诉我们:"达马索被抓起来了。"

① 翁贝托·埃科(1932—2016),欧洲著名公共知识分子、小说家、符号学家、美学家、史学家、哲学家。出生于意大利亚历山德里亚,博洛尼亚大学教授。著有大量小说和随笔作品,如《玫瑰的名字》《傅科摆》等。
② 让-克洛德·卡里埃尔(1931—2021),法国电影泰斗、国家电影学院创始人、著名作家,《布拉格之恋》《铁皮鼓》《大鼻子情圣》等八十多部经典电影剧本的创作者,电影大师布努埃尔最青睐的编剧,龚古尔文学奖得主。
③ 全名尼古拉·埃德姆·雷蒂夫(1734—1806),法国情色小说家。
④ 巴拉圭军事独裁者,1954年发动政变,7月出任巴拉圭总统,曾8次连任,执政近35年,是拉美独裁政治的标本式人物。
⑤ 巴拉圭首都。

那个时代,在巴拉圭境内被捕算是最恐怖的噩梦了。达马索被关在他的故乡卡库佩的监狱里并遭到了严刑逼供。他承受着日以继夜的拷打,熬过了四五天都没供出一个人,于是一天上午,他戴着手铐脚镣被拉到广场上示众,当权者想让所有人知道,不顺从的结果是多么可怕。

就在那时,达马索的那只或许一直藏在附近某个花园的树丛中的小狗突然窜了出来。它的速度快得像个奥林匹克冠军,冲到达马索身边,开始轻轻地舔他血迹斑斑的脚踝,还不断哼哼着,像是在说,自己一直在等他出来,现在会把他的伤治好的。但一个军士一脚把小狗端开了,斯特罗斯纳麾下的司令官当场决定,要严惩这位大个子反叛者。他举手示意,把锁住达马索的铁链松开,手下们都明白了,这是要执行恐怖的《逃犯法规》:先营造出罪犯要逃跑的样子,再就地枪决。

达马索意识到了官兵们的伎俩,把小狗抱了起来,对着它的耳朵轻声细语,又亲了一下,把小狗远远地扔了出去,准备独自一人承受即将来临的子弹。但小狗又跑了回来,绝望地大声叫着,在主人身边蹦来蹦去,明白了即将发生什么,想要用自己小小的身躯挡住主人。达马索又把小狗举了起来,注视着广场另一端的人群,把小狗像圣杯一样捧在手中。他一言不发,清澈的眼睛血迹斑驳却如火焰一般闪闪发亮,恳请某人收留他的小伙伴。

众人簇拥在街道上，给他的回应只有冰冷的沉默。所有人都盯着他看，却没人敢接收这份礼物，包括那些已经与达马索相识多年的人，其中不乏好友。他没有直视任何人的眼睛，这样就不会被看出他和谁认识，只是重复着那迟缓而苦涩的动作，要将小狗送出去。他将小狗捧在手中，因找不到接收人而面容沮丧，直到一个士兵给了他一枪托，小狗跌到了地上，又疯狂地哭叫起来，跟所有紧张不安的小狗一样。它的叫声非常尖锐，仿佛在谴责着人们的沉默，直到某一刻，它突然箭一般窜向街对面，像是发现了什么认识的人。达马索大声喝止它，随后人群中仿佛跳起了急速的芭蕾舞，某个人突然转身逃了。小狗冲着一个手握念珠祈祷的老太太大叫，接着又在人群中穿梭，希望能有人发发慈悲，从穿制服的人手中救下自己的主人。它的叫声回荡在那个中午，连知了的声音都被压下去了。

在那个瞬间，整个世界仿佛都化作了达马索那条小母狗的绝望，司令官低声下令放开囚犯，推他逃跑。一名士官和两个士兵愚蠢地发出警告，即使达马索一步都没有挪动，只是艰难地望着自己的小狗一边狂吠一边从对面街道狂奔而来。达马索说着不要、不要，并用铐住的手在空中做了一个手势，而就在这时，一个士兵大喊："司令，犯人逃跑了！"这正是向达马索·阿亚拉疯狂扫射的信号，于是几秒钟之后，他便摔倒在地，满身弹孔。

乡民们注视着这一切，仿佛眼前是水族馆里的鲨鱼。士兵们靠近尸体,手里的枪还冒着烟。小狗也狂吠着奔了过来,像是要吓走整个军队的人,直到一声撕心裂肺的哼叫之后,它才安静了下来,开始舔达马索的脸庞。它绕着主人的身躯走来走去,还爬上了布满枪眼的胸膛,舔着每一个冒血的弹孔,亲吻着他的嘴唇,仿佛想要逼出一句回应。它绝望地待在广场中央,身边围绕着难以容忍的死寂和冷酷而沉默的众人。

于是士官命令部队撤离,并一枪崩了狗脑袋,嘴里还嘟囔着该死的狗。

现场的静默变得更加深沉,仿佛整个世界的声音都在这个广场上死掉了,站在那儿的不是活人,而是蜡像,或者陶俑。

直到一个女人紧张而颤抖的声音打破了沉寂,她的叫喊声中充满了怒火:

"刽子手!"

另一个声音,从无名众人的深处传来,继续着控诉:

"为什么要杀死这只无辜的小狗?凶手!"

又传来一个声音:"这可怜的狗对你做了什么,要遭此毒手?"

"凶手!凶手!"更多的声音附和着……

士兵们迅速抬起了达马索·阿亚拉的尸体,向营地走去。一个士兵在如雨般落下的斥责声中迟疑了片刻,把小狗的尸体也捡了起来。钟声突然从教堂的塔楼中传了出来,附近有一家

达马索的小狗

商店开始播放平·克劳斯贝①用英语演唱的《铃儿响叮当》。

　　我想,埃科和卡里埃尔应该是没有听过这个故事的,也可以理解:它的文学成就很难与那位法国作家笔下的故事相提并论。但令我印象深刻的是,阅读能够唤醒一段沉睡的记忆。爸爸讲故事的时候声音发颤,我直到今天还记得,那一天非常热,而我还是个孩子,为此难过了一整个下午,后来我又去河边玩。还是这一条仿佛迎来又送走热带地区的酷热的河,如同皮亚佐拉②的一首连绵不断的歌曲一般,先是点燃午休时刻,后又在日落时放出一团又一团蚊子。

---

① 平·克劳斯贝(1903—1977),美国 20 世纪风靡一时的畅销歌手,被誉为首位多媒体明星,当时的广播电台经常能听到他演唱的歌曲。
② 皮亚佐拉(1921—1992),阿根廷 20 世纪著名作曲家、风琴演奏家,创立了"新探戈音乐",阿根廷文化代表人物之一。

流亡者的梦

巴拿马的中国女人

　　其实,她是个朝鲜人,但对我来说,她就是巴拿马的中国女人,因为她长着东方面孔,又是我在巴拿马城机场遇到的。那是去年的圣诞节,我从墨西哥城飞来,因为一场风暴错过了转机,被安排上了另一班飞机。因此,我只能跟一帮陌生人在机舱里举杯庆祝节日了。我对宗教节日和商业节日都没什么兴趣,手头的两本书——卡彭铁尔^①和戈洛迪舍^②——已足够让我快乐。这个圣诞节不会被浪费掉。

　　那个东方女人上飞机的时候,所有的人都看见了,我也不例外。当时所有的乘客都已经完成了登机,只有六成左右的座位有人。她是坐着轮椅上来的,让一个黑皮肤的工作人员小心翼翼地推着,穿过了整个机舱,在倒数第二排停了下来。她被安置在靠过道的位置,整排只有她一个人。她头上戴着一顶滑稽的圣诞帽,脸上的表情不知是空虚,还是无尽的悲哀。我觉得这班十二月二十四日深夜十点半从巴拿马城前往亚松森的客机上,所有的乘客应该都是这副表情吧。

不过,在仔细端详过她之后——我坐在她前面的一排,当时已经把提包和毯子堆放好准备入睡了——我发现这个女人的嘴角有一抹恬静的微笑,像个中国老太太(或者在我无知且自以为是的想象中,肯定是个中国老太太)。玉盏③,我默念道,然后微笑起来。马查盖④。萨姆胡⑤。金楚林⑥。我被自己蠢笑了。

黑人把她安置好就离开了。令我诧异的是,她并没有把那鲜艳的帽子摘下来,就直直地坐在那儿,一语不发,脸上似乎挂着微笑,同时飞机在热带的暴雨中准点起飞。

两个小时过去了,我们吃了晚餐,食物是盛在一次性餐具里的,但加了一小块圣诞甜点和一杯香槟。我去上厕所,同时继续观察她,比起兴趣,更多的是好奇。那女人脸上保持着的微笑,就像盖上去的印章似的。她正在看前座上小屏幕里的电视节目,但没有戴耳机。我有时也会这样,只看不听,脑子里想着自己的事情。突然间,我们的目光对上了。我冲她微笑,又点了点头。她抬起右手在空中轻轻晃了晃,就继续盯着那小小的电

---

① 全名阿莱霍·卡彭铁尔(1904—1980),古巴著名作家,代表作有《人间王国》《光明世纪》《时间之战》等等。
② 全名安赫莉卡·戈洛迪舍(1928—),阿根廷女作家,以类型多样的短篇小说闻名。
③ 应为故事叙述者对于这名朝鲜女子姓名的猜测。
④ 阿根廷查科省某地名,发音与西班牙语差别较大,源于美洲原住民语言。
⑤ 阿根廷查科省某地名,发音与西班牙语差别较大,源于美洲原住民语言。
⑥ 意为牛小肠,同样源于美洲原住民语言。

视了。

"那位女士看上去挺开心啊。"我对空服员说道,那是个棕色皮肤的巴拿马小伙子,个子很高,也很帅。我觉得他如果不干空乘的话,应该做个篮球运动员、皮条客或者政客保镖什么的。这家伙没理我。

"是中国人吗?"我坚持问下去。

"像是朝鲜人。"

"她一个人吗?"

高个空服员点了点头。

"不好意思啊,不过'像是'是什么意思?"

"没错,从纽约邮来的大麻烦。"

我皱了皱眉头,空服员继续说下去,另一个空乘小姐也插了进来。那是个漂亮的混血女孩,嘴唇涂得亮晶晶的,眼线像是用粗头刷描出来的。

"没错,她坐飞机到达肯尼迪国际机场,在那里被发现并没有签证。这挺奇怪的,几乎不可能,可竟然有人允许她不持签证就登上了从首尔、平壤还是天知道哪里前往美国的飞机。不管是英语、法语、西班牙语还是什么别的语,她都一窍不通。只会说朝鲜语,或者是别的什么她能明白的鸟语。"

我立刻就明白了。

"那女人落地后被拒绝入境,"棕皮肤的空乘继续说道,"他

巴拿马的中国女人

们也找了移民局里的韩国人，但她什么都不说。不但不说话，也不能走路，完全没法沟通。只会做一两个动作，动动头或者手，表示是和不是，别的再也没有了。而且，一直傻笑。"

"移民局的官员们讯问了她，但什么用也没有。"女孩插嘴道，"她的票也是单程的。就是个大麻烦。"

"美国佬们那么实际，直接就把麻烦甩开了。"

聊这些的功夫，空服员们给我做了一小杯低度苏打威士忌，加了很多冰。他们自己喝的是咖啡。我发现，其实他们很想找机会说说话。在远方度过圣诞尚可容忍，若又在沉默之中，那就太悲催了。

"问题是我们公司的一架飞机当时正好在附近，于是就把她弄上去了。"空姐说。

"那一部分我们不太清楚，不过这女人是今天早晨在巴拿马城着陆的。"男空乘说，"一样没有签证，而且整个飞机场都找不到一个该死的朝鲜人，中国人和日本人也没有，连想写几个字给她看都不行。真是个没法解决的麻烦。"

"我挺为她难过的，因为其实她并没给任何人带来麻烦。"空姐说，"除了不会走路，因而每隔一段时间需要带她去一趟卫生间。"

于是我提出了那个合乎逻辑且显而易见的问题："那回头到了巴拉圭怎么办？谁会在那里等她？"

"我们不知道。地勤人员会看着办的。"

她肯定又要经历一系列海关查验，我想着，不由得忐忑起来。赤裸裸的鸡棚法则[1]，我想道。

"那你们打算怎么办？她也过不了巴拉圭的海关啊！"

瘦瘦的空乘迟疑了片刻，还是说了出来："人们总说美国对巴拿马的影响力很大，对吧？所以航空公司或者机场的高层有人决定，就按美国佬的方法处理。"

我回到自己座位上的时候，女人已在开着的屏幕前安详地睡着了。

走进亚松森机场时，已经是二十五日凌晨了，天热得像在地狱里面。我正等着自己的托运行李，突然看到那个肤色黝黑的空乘在玻璃的另一侧用轮椅推着那女人走，她依然平和而镇定，头上还戴着那顶帽子。空乘把女人放在了一扇门边，那扇门连着刚刚启动的传送带。我看到那个小伙子飞快地四处看看，像个在学校里犯了什么错的男孩似的，随后猛然转身，快速走向登机桥。我伸手示意，想让他停下来，但那家伙已经消失在入口。此时我的行李刚好到了，把它搬下来以后，我又朝女人被丢下的位置望去。一个人也没有，只剩下空空的走廊。而那顶滑稽的圣诞帽，就躺在地面上。

---

① 鸡棚中一般设有多个水平隔层供母鸡休息，占据上方隔层的母鸡会将粪便直接排到下方母鸡身上。所谓的"鸡棚法则"影射的是权力的滥用。

Mempo Giardinelli
Sueño del exiliado y otros cuentos
Copyright © MEMPO GIARDINELLI，1981
This edition arranged with Agencia Literaria Carmen Balcells, S. A.
Simplified Chinese edition copyright 2021 by Shanghai Translation Publishing House
All rights reserved.

图字：09－2020－827 号

图书在版编目(CIP)数据

流亡者的梦/(阿根廷)曼波·贾尔迪内里著；范
童心译. —上海：上海译文出版社，2021. 12
书名原文：Sueno del exiliado y otros cuentos
ISBN 978－7－5327－8735－7

Ⅰ.①流… Ⅱ.①曼…②范… Ⅲ.①短篇小说—小
说集—阿根廷—现代 Ⅳ.①I783.45

中国版本图书馆 CIP 数据核字(2021)第 237254 号

流亡者的梦——曼波·贾尔迪内里短篇小说集
[阿根廷]曼波·贾尔迪内里 著 范童心 译
责任编辑/刘岁月 装帧设计/张志全工作室

上海译文出版社有限公司出版、发行
网址：www. yiwen. com. cn
201101 上海市闵行区号景路 159 弄 B 座
启东市人民印刷有限公司印刷

开本 889×1194 1/32 印张 5.75 插页 2 字数 84,000
2022 年 1 月第 1 版 2022 年 1 月第 1 次印刷
印数：0,001—8,000 册

ISBN 978－7－5327－8735－7/I·5394
定价：45.00 元